Charmed

Charmed

Zauberhafte Schwestern

Der Geist mit der Maske

Roman von

Cameron Dokey

Aus dem Amerikanischen

von Thomas Ziegler

Die Deutsche Bibliothek – CIP-Einheitsaufnahme

Charmed – zauberhafte Schwestern. – Köln : vgs
(ProSieben-Edition)

Der Geist mit der Maske / aus dem Amerikan.
von Thomas Ziegler. – 2000
ISBN 3-8025-2792-5

Erstveröffentlichung bei Pocket Books, New York 2000
Titel der amerikanischen Originalausgabe:
Haunted by Desire von Cameron Dokey

Das Buch »Charmed – Zauberhafte Schwestern;
Der Geist mit der Maske« von Cameron Dokey entstand auf Basis
der gleichnamigen Fernsehserie von Spelling Television
ausgestrahlt bei ProSieben.

Titelfoto: © Spelling Television 2000
Lektorat: Gaja Busch
Produktion: Wolfgang Arntz
Umschlaggestaltung: Sens, Köln
Satz: Kalle Giese, Overath
Druck: Clausen & Bosse, Leck
Printed in Germany
ISBN 3-8025-2792-5

Besuchen Sie unsere Homepage im WWW:
http://www.vgs.de

1

»Er liebt mich. Er liebt mich nicht. Er liebt mich. Er liebt mich nicht. Er liebt mich ...«

»Prue, was in aller Welt tust du da?«

Prue Halliwell fuhr beim Klang der Stimme ihrer jüngeren Schwester Piper zusammen. Sie hatte Margeritenblüten über den ganzen Boden verstreut.

Hastig griff Prue nach der Vase, in der die Überreste des Straußes steckten, den sie zerpflückt hatte. Dann stand sie auf, als wollte sie die Blumen in die Küche bringen und aus ihrem erbärmlichen Zustand erlösen.

»Piper«, sagte sie vorwurfsvoll, in der Hoffnung, ihre Schwester durch einen schnellen Gegenangriff aus dem Konzept zu bringen, »jetzt sieh dir an, wozu du mich gebracht hast.«

Piper Halliwell lachte. Ihre hohen Absätze klapperten auf dem Holzboden des Korridors. Sie hatte sich ausgehfertig gemacht und trug ein eng anliegendes Futteralkleid aus dunkelblauer Seide. Im Gehen steckte sie sich ein paar funkelnde Ohrringe an.

Es war Montag und die Halliwell-Schwestern hatten eine gemeinsame Verabredung zum Abendessen – eine Gelegenheit für die drei, etwas Zeit zusammen zu verbringen. Im Augenblick fehlte nur noch Phoebe, die jüngste der Halliwells, dabei war das Essen interessanterweise ihre Idee gewesen.

»Oh, nein«, sagte Piper, während sie ihr Bestes tat, um Prue mit stählernem Blick zu durchbohren, dabei aber grandios scheiterte. »Ich habe dich zu gar nichts gebracht. Und glaube ja nicht, du könntest mich ablenken. Ich habe gesehen, wie du dich auf völlig un-Prue-hafte Weise aufgeführt hast. Du bist auf frischer Tat ertappt worden. Also raus mit der Sprache. Was hast du diesen armen Blumen angetan?«

Prue rang sich ein Lächeln ab, wenngleich sie sich ärgerte, dass sie erwischt worden war. Pipers Versuch, das harte Mädchen zu spielen, erinnerte an ein Kaninchen, das die Zähne fletschte. Aber sie hatte wirklich nicht ganz Unrecht. Prues atypisches Verhalten verlangte wahrscheinlich nach irgendeiner Erklärung.

Das einzige Problem war, dass sie nicht die leiseste Ahnung hatte, wie diese aussehen sollte.

Das kommt davon, wenn ich meinen Impulsen nachgebe, dachte sie, als sie die Vase wieder auf den Tisch stellte und sich hinkniete, um die verstreuten Blütenblätter aufzusammeln.

Die Wahrheit war, dass Prue nicht wusste, warum sie den plötzlichen Drang verspürt hatte, die Zukunft ihres Liebeslebens vorherzusagen, indem sie unschuldige Pflanzen zerpflückte. Vor allem, da sie kein Liebesleben hatte. Die drei Halliwell-Schwestern mochten sehr verschieden sein, wenn es um ihre Ziele oder ihr Temperament ging, aber was sie alle gemeinsam hatten, waren ernste Schwierigkeiten in Sachen Romantik. Prue, Piper und Phoebe hatten in der letzten Zeit geradezu erhebliche Probleme mit den Männern gehabt.

Darüber hinaus gab es aber auch noch ein paar andere Dinge, die sie gemeinsam hatten. Alle waren sie dunkelhaarig und hatten hohe Wangenknochen.

Und alle waren sie Hexen – und zwar jede mit ihrer eigenen Fähigkeit. Prue verfügte über die Gabe der Telekinese, Piper über die Fähigkeit, die Zeit anzuhalten, und Phoebe über das Talent, in die Vergangenheit und Zukunft zu schauen, sowie über die Fähigkeit der Astralprojektion.

Wenn die Halliwell-Schwestern ihre Kräfte vereinigten, dann gehörten sie zu den mächtigsten Hexen der Welt. Aber Macht zu haben – und sie für gute Zwecke einzusetzen – hatte auch einen Nachteil. Es verwandelte sie in Magneten für Hexer, Dämonen und jede Art von bösartigen übernatürlichen Kreaturen, die ihren Weg nach San Francisco fanden.

Soweit es Prue betraf, machte es die Zukunft – und die Gegenwart – nur noch unsicherer. Kein Wunder, dass es so schwer war, eine dauerhafte Liebesbeziehung zu entwickeln.

Piper kniete neben Prue nieder, um ihr beim Aufsammeln der Blütenblätter zu helfen; trotz der Gefahr, sich dabei ihr neues Seidenkleid zu zerknittern. Anderen zu helfen war nun einmal Pipers Lebensinhalt.

»Also, du hast mir noch immer keine Erklärung gegeben«, erinnerte Piper sie. »Spuck's aus!«

»Da gibt es nichts auszuspucken«, entgegnete Prue cool. Cool zu sein war ihr Lebensinhalt.

Piper schnaubte. »Ja, genau. Und wie erklärst du dir dann die Blütenblätter auf Grams Lieblingsteppich?«

»Ich war ... mit kreativer Problemlösung beschäftigt«, sagte Prue.

Piper kicherte bewundernd. »Gute Ausrede«, lobte sie. »Dafür bekommst du hundert Punkte.«

Prue warf die Blütenblätter, die sie gerade aufgesammelt hatte, nach ihrer Schwester.

»Nicht auf mein Kleid!«, protestierte Piper, während sie die weißen Blüten abschüttelte. »Ich will nicht, dass deine Probleme an meiner Seide kleben.«

»Ich bitte vielmals um Verzeihung«, erwiderte Prue.

Piper runzelte die Stirn. »Bei deiner Problemlösung hast du meiner Meinung nach einen Schritt ausgelassen.«

»Und der wäre?«, grinste Prue.

»Bevor du herausfinden kannst, ob er dich liebt oder nicht, musst du doch erst einmal einen Er haben, oder?«, fragte Piper.

Bingo, dachte Prue. Sie war im Moment eindeutig Er-los, und genau das war das Problem. »Was macht dich plötzlich so hellsichtig?«, fragte sie.

»Bin so geboren worden«, antwortete Piper schlicht. »Kann nichts dagegen tun.«

Prue warf die Blütenblätter, die sie in der Hand hielt, auf den Couchtisch, setzte sich dann auf den Boden und lehnte sich mit dem Rücken an die Couch.

Piper«, sagte sie mit nachdenklich klingender Stimme, »hast du dich jemals gefragt, wie das Leben wohl aussehen würde, wenn wir *keine* Hexen geworden wären?«

Piper schwieg für einen Moment. Dann warf sie die eingesammelten Blütenblätter zu den anderen und setzte sich zu Prue auf den Boden. »Manchmal«, gestand sie. »Aber im Grunde genommen macht es keinen großen Sinn, denn es gibt kein Zurück.« Sie schwieg einen kurzen Moment. »Außerdem waren wir schon immer Hexen, Prue. Wir haben es nur nicht immer gewusst.« Piper warf Prue einen Seitenblick zu. »Ist das etwa der Grund für das alles hier?«, fragte sie.

»Vielleicht«, räumte Prue ein.

Es war Phoebe gewesen, die Jüngste von ihnen, die als Erste das Geheimnis der Schwestern entdeckt hatte, erinnerte sich Prue. Kurz nachdem die drei zurück nach Halliwell Manor gezogen waren, dem großen viktorianischen Haus in San Francisco, in dem sie aufgewachsen waren.

Manchmal konnte Prue es noch immer nicht so ganz glauben. Stets dachte sie, sie würde eines Morgens aufwachen und feststellen, dass alles so war wie früher – so, wie es normal gewesen wäre.

Doch das war bislang noch nicht eingetreten. Und wenn Prue beweisen wollte, dass es auch nie passieren würde, musste sie nur nach oben auf den Dachboden gehen und einen Blick ins *Buch der Schatten* werfen. Die Kräfte der Halliwells waren geweckt worden, als Phoebe dieses uralte Zauberbuch gefunden und einen der Zaubersprüche laut vorgelesen hatte.

Mit der Zeit hatte sich herausgestellt, dass das *Buch der Schatten* mehr war als eine bloße Sammlung von Zauberformeln und Beschwörungen. Es war eine Verbindung zu den Vorfahren der Halliwells, die auch alle Hexen gewesen waren, und enthielt all ihr Wissen über das Böse, das die Schwestern bekämpfen mussten.

Jede von ihnen verstand, dass sie ihre Kräfte für genau diesen Zweck einsetzen mussten: um das Böse zu bekämpfen und die Unschuldigen zu beschützen.

Was es auch nicht gerade leichter machte, ein Date zu bekommen.

»Ich schätze, ich habe es einfach satt, ständig das Gefühl zu haben, kämpfen zu müssen«, versuchte Prue zu erklären. »Selbst bei Sachen, die früher völlig unkompliziert zu sein schienen.«

»Wann war der Umgang mit Jungs jemals unkompliziert?«, fragte Piper.

Prue lächelte. »Du weißt, was ich meine. Manchmal habe ich das Gefühl, nicht einmal einen Jungen ansehen zu können, ohne mich schuldig zu fühlen, weil ich die Wahrheit über das, was ich bin, zurückhalte. Aber es wäre nicht gerade klug, schon beim ersten Date zu verraten, dass ich eine Hexe bin.«

Piper machte ein verschmitztes Gesicht. »Neben anderen Dingen.«

Prue grinste und schlug mit einem der Sofakissen nach ihrer Schwester. Piper revanchierte sich mit ein paar der Blütenblätter, bevor sie schließlich die Hände hob und »Friede!« rief.

In diesem Moment hörten sie, wie die Haustür ins Schloss fiel, und die beiden drehten sich um.

»Ich bin zu Hause«, rief Phoebe, platzte ins Wohnzimmer und brachte einen Schwall kühler Oktoberluft mit. Ihre Wangen glühten, und ihre dunkelbraunen Augen funkelten.

»He, Leute, ich habe tolle Neuigkeiten!«, sagte sie.

Prue sah auf ihre Armbanduhr. Phoebe war zwanzig Minuten zu spät, was reichte, um ihre Dinnerreservierung zu verlieren. Dennoch fiel es Prue schwer, auf Phoebe böse zu sein, wenn sie so aufgeregt aussah. »Und was sind das für Neuigkeiten?«, fragte sie.

Phoebe schlüpfte aus ihrem Mantel, warf ihn auf die Couch und ließ sich neben Piper zu Boden sinken.

»Das!«, erklärte sie und wedelte mit einem Blatt Papier, das sie anschließend in Prues Schoß fallen ließ.

Prue hob es auf. »›Ist Russian Hill verflucht?‹ Von Phoebe Halliwell«, las sie laut vor. Sie sah ihre Schwester an. »Was ist das?«

»Du hast den wichtigsten Teil ausgelassen«, sagte Phoebe und deutete auf die handgeschriebene, hellrote Notiz. »›Eins, eine exzellente Abhandlung der Legende‹«, las sie stolz vor.

»Was ist das, eine Hausarbeit?«, fragte Piper.

Phoebe verdrehte die Augen. »Genau das ist es. Ich bin in einem Kurs für Fortgeschrittene am Gemeinde-College. Er heißt ›Legenden und Folklore: Die Entdeckung des Übernatürlichen in San Francisco‹.«

»Du?«, fragte Prue unwillkürlich. Dass Phoebe wegen des Besuchs eines Collegekurses so aufgeregt war, hätte Prue nicht im Traum erwartet.

»Ist das denn so ungewöhnlich?«, fragte Phoebe mehr als nur ein wenig gekränkt.

»Na ja, um ehrlich zu sein ...«, begann Piper.

»Okay, okay, ich bin nie die akademische Überfliegerin gewesen«, gab Phoebe zu. »Aber als ich diesen Kurs im Vorlesungsverzeichnis sah, wusste ich einfach, dass ich mich einschreiben musste. Es geht dabei um die Ursprünge lokaler Mythen und Legenden,über Hexerei und übernatürliche Phänomene in San Francisco.«

»Und derartiges Zeug fließt sogar in die Endnote ein?«, fragte Piper.

»Das ist das Beste daran«, sagte Phoebe. »Ich nehme nicht nur an einem Kurs teil, in dem ich richtig gut bin, sondern er zählt *auch* bei meinem Abschluss!«

»Das ist großartig«, sagte Prue. »Aber wieso diese Geheimnistuerei? Warum hast du uns nicht erzählt, dass du einen Kurs besuchst?«

Phoebe verzog das Gesicht. »Ich hatte Angst, dass ich ihn nicht schaffen würde. Also entschloss ich mich abzuwarten, wie mein erster Test ausfällt, bevor ich die Sache an die große Glocke hänge.«

»Sieht aus, als hättest du's geschafft«, meinte Piper.

Phoebe grinste. »Ja, ich bin halt ein Naturtalent.« Sie lehnte sich mit einem zufriedenen Seufzer an die Couch. Plötzlich huschte ein seltsamer Ausdruck über ihr Gesicht. »Äh, Leute, kann ich euch eine Frage stellen?«

»Natürlich«, nickte Prue.

»Warum sitzen wir eigentlich auf dem Boden?«

Überrascht lachte Prue auf. Sie warf Piper einen kurzen Blick zu, den diese mit einem knappen Nicken erwiderte.

»Weil er gerade da war«, antworteten die beiden älteren Halliwell-Schwestern schließlich im Chor.

Phoebe gab ein Stöhnen von sich und vergrub ihr Gesicht in den Händen.

»Ein Fall von niedrigem Blutdruck«, diagnostizierte sie. »Ich kenne die Symptome.« Sie stand auf und reichte Prue ihre Hand. »Kommt«, sagte sie. »Ich kenne ein tolles neues Sushi-Restaurant. Wenn wir uns beeilen, sind wir da, bevor's richtig voll wird.«

»Du hast uns letzte Woche schon davon erzählt«, erinnerte Prue, als sie sich von Phoebe auf die Beine ziehen ließ. »Deshalb haben wir uns für halb sieben einen Tisch reservieren lassen.«

»Haben wir?«, fragte Phoebe, als sie Piper hochzog. »Na, ausgezeichnet. Aber wir haben schon Viertel nach sechs, was bedeutet, dass wir uns beeilen müssen. Schließlich wollen wir unsere Reservierung nicht verlieren.«

Prue und Piper sahen sich an und verdrehten die Augen.

»Geh schon mal vor und hol den Wagen raus«, sagte Prue zu Piper. »Ich komme in einer Minute nach.«

Während ihre Schwestern zum Auto vorgingen, trug Prue die Blütenblätter und den zerrupften Strauß Margeriten in die Küche und warf alles in den Abfalleimer.

Sie hatte nicht in die Zukunft ihres Liebeslebens sehen können, aber das störte sie jetzt nicht mehr so sehr wie noch vor ein paar Minuten. Irgendwie würde alles gut werden, auch wenn ihr in diesem Moment nicht klar war, wie das funktionieren sollte. Irgendwo dort draußen wartete der richtige Mann auf sie. Sie wünschte nur, er würde sich beeilen und zu ihr kommen!

Doch bis es so weit war, würde sie sich erst einmal auf den Abend mit ihren Schwestern freuen. Mit diesem Vorsatz eilte sie durchs Wohnzimmer, griff nach ihrem Mantel und lief nach draußen zu ihren Schwestern. Piper und Phoebe, die einzigen Konstanten in ihrem ansonsten völlig unvorhersehbaren Leben.

»Zum Ersten. Zum Zweiten. Zum Dritten. Verkauft an Mr. Dylan Thomas!«, rief der Morgenauktionator von Buckland's.

Prue wartete an ihrem Platz an der Frontseite des überfüllten Auktionsraums, während der Käufer sich zu ihr vorarbeitete. Sie war ein wenig neidisch, denn er hatte gerade einen Stuhl gekauft, den sie selbst gerne gehabt hätte. Nichtsdestotrotz schenkte Prue ihm ihr strahlendstes Lächeln.

»Sie haben den William-Morris-Stuhl erstanden«, sagte sie, als er ihr den Zettel mit seiner Nummer gab. »Herzlichen Glückwunsch, Mister ...«

Als sie seinen Namen auf der Liste fand, runzelte Prue die Stirn. Der Mann hieß Dylan Thomas. Warum kam ihr dieser Name so bekannt vor?

»Tut mir Leid, aber so heiße ich wirklich«, sagte er.

Prue blinzelte. »Wie bitte?«, fragte sie.

Der Mann vor ihr lächelte sie gewinnend an. Wieder blinzelte Prue, wenn auch diesmal nicht aus Verwirrung, sondern weil Dylan Thomas hinreißend war. Dunkles Haar fiel von einer hohen Stirn nach hinten und war gerade so lang, dass es seinen Hemdkragen umspielte. Sein sehenswerter Mund brachte das Kunststück fertig, schmal und gleichzeitig sinnlich zu sein.

Auch seine Kleidung war nicht gerade konventionell: Er trug ein tailliertes schwarzes Jackett zu dunklen Jeans und einem weißen Leinenhemd. Das Gesamtbild erinnerte Prue an einen romantischen Dichter.

Aber es waren seine Augen, die Prues Herz höher schlagen ließen. Sie waren von einem tiefen, hypnotischen Blau, wie das Wasser des Lake Tahoe.

»Mein Name«, erklärte er, »ist wirklich Dylan Thomas.«

Prue spürte, wie sie rot wurde. So aufdringlich hatte sie nicht wirken wollen. Was war bloß los mit ihr? »Ich habe mich nur gefragt, warum er mir so bekannt vorkommt«, erklärte sie.

»Diese Reaktion bekomme ich ständig«, sagte Dylan Thomas mit einem freundlichen Lächeln. »Es ist die Schuld meiner Mutter. Sie war Englischlehrerin und verbrachte ihre Flitterwochen in Wales, in der Heimatstadt des berühmten Dichters Dylan Thomas. Als ich genau neun Monate später zur Welt kam ...«

»Hatte sie keine andere Wahl«, warf Prue ein. »Sie musste Sie nach dem berühmtesten Dichter von Wales nennen!« Sie lächelte und entschied, dass ihr der Name gefiel. Er war romantisch und gleichzeitig kultiviert.

Dylan Thomas' Augen funkelten und ließen ihren Puls rasen. Er beugte sich über das Pult und deutete auf Prues Liste. »Nun, was meinen Stuhl angeht, Miss – Mrs. – Miss –«

Geschickt, dachte Prue. Eine sehr geschickte Art herauszufinden, ob ich Single bin oder nicht. Sie traf eine spontane Entscheidung.

»Miss«, sagte sie. »Halliwell. Prue Halliwell.«

Dylans Augen leuchteten plötzlich noch blauer, etwas, das Prue eigentlich für absolut unmöglich gehalten hatte.

»Was meinen Stuhl angeht, *Miss* Prue Halliwell«, sagte er, »so habe ich bemerkt, wie Sie ihn angesehen haben. Leider wird Ihnen das nichts nutzen, denn ich habe ihn gekauft, und er gehört jetzt mir.«

Prue spürte erneut, wie sie rot wurde. Er hatte Recht, was ihr Interesse für den Stuhl anging. Denn obwohl ihr Job bei Buckland's sie in ständigen Kontakt mit zahllosen schönen und ungewöhnlichen Objekten brachte, sprachen sie nur wenige auf dieselbe Weise an wie dieser Stuhl mit seinen anmutigen, schlichten Formen, dem ornamentierten Holzgestell und dem prächtigen Polster. Ihr kam es fast so vor, als wäre er nur für sie geschaffen worden.

»Sie haben Recht. Ich habe ihn bewundert«, gab sie zu.

»Nun, er ist ja nicht aus der Welt«, sagte Dylan und beugte sich ein bisschen weiter vor. Seine ausdrucksvollen Augen leuchteten. »Sie können ihn jederzeit besuchen, wissen Sie.«

Prue lachte. Dieser Mann war absolut erstaunlich. Hatte er gerade ihre Gedanken gelesen? Oder lag er einfach nur auf der gleichen Wellenlänge wie sie?

So oder so, er war definitiv aufregend.

»Ahäm.«

Prue fuhr zusammen und stellte erstaunt fest, dass sich vor ihrem Pult eine kleine Schlange gebildet hatte. Während ihrer Unterhaltung mit Dylan war die Auktion weitergegangen, und jetzt warteten drei Kunden darauf, dass ihr Kauf bestätigt wurde. Prue hatte sie überhaupt nicht bemerkt.

Was in aller Welt ist bloß los mit mir?, fragte sie sich wieder. Sie stand doch sonst immer über den Dingen. Dylans Verhalten änderte sich sofort, als hätte er bemerkt, dass er Prue in Schwierigkeiten bringen konnte.

»Verzeihen Sie, dass Sie warten mussten«, sagte er zu dem älteren Mann hinter ihm. »Ich fürchte, ich fand Miss Halliwell so interessant, dass ich mehr von ihrer Zeit in Anspruch nahm, als mir zusteht.«

»Ich kann Ihnen da keinen Vorwurf machen«, erwiderte der Mann zwinkernd.

Prue spürte, wie sie dunkelrot anlief. Jetzt war zwar nicht der richtige Moment, um sich von Dylan Thomas ablenken zu lassen, aber sie konnte nichts dagegen tun. Während sie dem nächsten Kunden half, wanderten ihre Blicke immer wieder zu ihm.

Sie beobachtete, wie er zurücktrat, einen kleinen Block aus der Innentasche seines Jacketts zog und zu schreiben begann.

Ein paar Minuten später, als sie das Bestätigungsformular eines anderen Kunden ausfüllte, schob Dylan ihr einen Zettel hin.

Prue,
ich sehe, dass es besser ist, wenn ich jetzt gehe. Wenn ich bleibe, würde ich Sie nur ablenken wollen. Aber ich muss Sie wieder sehen. Wie wäre es mit diesem Wochenende? Bitte sagen Sie ja.

Dylan

Prue vergaß den Kunden, der vor ihr stand, und sah in Dylans dunkelblaue Augen. »Ja«, sagte sie.

Dylan schenkte ihr sein Tausend-Watt-Lächeln. »Ein Morris-Stuhl und eine Verabredung mit der schönsten Frau San Franciscos«, sagte er leise. »Manchmal kann ich mein Glück nicht fassen.«

Erneut spürte Prue, wie sie errötete. Sie hatte ernsthaft das Gefühl, den Boden unter den Füßen zu verlieren, und sie musste gestehen, dass es ihr gefiel.

»Hören Sie«, fuhr Dylan ein wenig zögerlich fort. »Samstagabend spielt meine Band in diesem großartigen neuen Club. Ich würde mich wirklich freuen, wenn sie kämen. Was halten Sie davon?«

»Das wäre toll«, sagte Prue. »Wo spielen Sie?«

»Ich rufe Sie an und hinterlasse die Adresse in Ihrer Mailbox«, erklärte Dylan und trat einen Schritt zurück. Seine Augen sahen sie verheißungsvoll an. »Bis zum Wochenende.«

Der Kunde vor Prue räusperte sich ungeduldig. »Entschuldigen Sie«, sagte er, »aber wann kann ich endlich mein Gemälde abholen?«

»Gehen Sie mit diesem Formular in den ersten Stock und ...«, begann Prue zu erklären, aber ihre Gedanken waren bei Dylan Thomas und dem wundervollen Umstand, dass sie gerade ja zu einem Date gesagt hatte.

Zum ersten Mal hatte sie sich keine Sorgen gemacht oder versucht, im Voraus zu planen. Sie hatte sich einfach auf den Moment konzentriert, auch wenn Dylan ihr diese Entscheidung natürlich erheblich leichter gemacht hatte. Es ist trotzdem eine Veränderung, und jeder Schritt zählt, sagte sich Prue. Sie konnte es kaum erwarten, Piper alles zu erzählen!

Fühlte es sich so an, wenn man endlich den Richtigen traf?

Später am Nachmittag stand Piper auf der leeren Bühne ihres Clubs, dem P3, und versuchte den jungen Mann anzufunkeln, der gerade hereingekommen war. Während sie die Hände in die Hüften stemmte, sagte sie in dem strengsten Tonfall, den sie hervorbringen konnte: »Sie kommen zu spät!« Allerdings musste sie sich auch in diesem Fall eingestehen, dass ihre Bemühungen erbärmlich waren. Aber angesichts dieses Adonis, der da auf sie zukam, war es schließlich ziemlich schwer, streng zu klingen.

Der junge Mann, der mit einem Gitarrenkoffer vor ihr stand, blickte mit einem Gesichtsausdruck zu ihr auf, der sowohl entschuldigend als auch voller Selbstvertrauen war. Er war einer der hinreißendsten Männer, die sie je gesehen hatte, und doch basierte sein unglaublicher Sexappeal nicht allein auf seinem guten Aussehen. Irgendetwas an ihm schien sie magisch anzuziehen. Er besaß die perfekte Mischung aus weltmännischer Kultiviertheit und Kleinjungencharme.

Sie hatte es zum ersten Mal am Telefon bemerkt, als er angerufen hatte, um sie zu fragen, ob seine Band in ihrem Nachtclub auftreten könne. Die meisten Bands hatten Manager, die sich um Auftritte kümmerten. Aber der Leadsänger und Gründer der Band *Dylan and the Good Nights* zog es vor, sich selbst um alles zu kümmern. Auf diese Weise bekäme er die Möglichkeit, die Clubbesitzer kennen zu lernen, lautete seine Erklärung.

Piper hatte absolut nichts dagegen, Dylan besser kennen zu lernen.

Die *Good Nights* waren eine Swingband und somit die perfekte Wahl für die aktuelle Swingtanzwelle. Ihr Leadsänger hatte Piper auf dem Demoband, das er ihr geschickt hatte, sofort gut gefallen. Und außerdem mochte sie den Namen der Band, die nach seinem Sänger, Dylan Thomas, benannt worden war. Er hieß wie der Dichter.

»Sie haben Recht«, sagte Dylan jetzt. »Ich bin zu spät, und es gibt keine Entschuldigung dafür. Es tut mir wirklich Leid, Piper. Ich darf Sie doch Piper nennen, oder? Ich meine – Sie sind doch Piper Halliwell, nicht wahr? Und dies ist Ihr Club, oder?« Ein zerknirschtes Lächeln huschte über sein Gesicht. »Oh, ich glaube, ich verderbe alles.«

Eigentlich, dachte Piper, ist er einfach umwerfend.

»Sie haben noch nichts verdorben«, sagte sie etwas versöhnlicher. »Aber wir arbeiten hier nach einem ziemlich engen Zeitplan, und Sie müssen mit Ihrem Soundcheck fertig sein, bevor ich den Club öffne, Mr. Thomas.«

»Bitte«, murmelte er, »sagen Sie Dylan zu mir.«

»In Ordnung«, erwiderte Piper. »Wie ich bereits am Telefon sagte – Dylan –, gibt es im P3 normalerweise nur am Wochenende Livemusik. Meine Gäste, die werktags kommen, erwarten, dass pünktlich geöffnet wird. Ich gebe Ihnen gerne ein paar zusätzliche Nächte Zeit, um die Raumakustik zu checken und mit der Band zu üben, aber nur, wenn Sie das laufende Geschäft nicht stören.«

»Gut«, nickte Dylan mit ernstem Gesicht. »Das verstehe ich völlig, und ich werde auch sofort mit dem Soundcheck anfangen. Es wird nicht länger als ein paar Minuten dauern.« Er machte ein paar Schritte auf die Bühne zu und drehte sich dann wieder um. »Äh – Piper?«

Piper wandte sich um und sah einen schüchternen, aber hoffnungsvollen Ausdruck in seinen Augen. Wirklich, dieser Kerl war einfach umwerfend!

»Sie sind später doch noch hier, oder? Vielleicht kann ich Ihnen einen Drink ausgeben? Sie wissen schon, als Entschuldigung. Es wäre mir ein großes Vergnügen.«

»Mir auch«, erklärte sie.

Er schenkte ihr ein derart strahlendes Lächeln, dass Piper schon fürchtete, bleibende Augenschäden davonzutragen. Dann wandte er sich ab und eilte zur Bühne.

Dieser Mann kann mir eindeutig gefährlich werden, dachte Piper. Sie konnte es kaum erwarten, nach Hause zu kommen und ihren Schwestern von ihm zu erzählen!

2

»Ist der Platz noch frei?«, fragte eine Stimme neben Phoebe.

Phoebe war recht früh zu ihrem Dienstagabendkurs erschienen. Ihr Notizheft lag bereits aufgeschlagen auf ihrem Pult. Nur eine andere Kursteilnehmerin, eine ältere Frau namens Marjorie Yarnell, war schon vor ihr da gewesen.

Marjorie, die auf dem Platz neben ihr saß, war immer die Erste im Kurs. Und wie immer sah sie tadellos aus: perfekt gebleichte blonde Haare, elegante Kleidung, teurer Schmuck. Seit dem ersten Tag des Kurses hatte Marjorie Phoebes Interesse geweckt. Sie war nicht die typische Teilnehmerin eines Kurses im Gemeinde-College. Aber schließlich überschritt das Interesse am Übernatürlichen definitiv alle Alters- und Gesellschaftsgrenzen.

»Hast du mich nicht gehört? Ich fragte, ob der Platz noch frei ist?«

Phoebe fuhr zusammen und blickte zu dem schlaksigen Jungen auf, dessen Namen sie sich nicht merken konnte. Er entsprach dem Typ Mensch, der diesen Kurs besuchte, schon eher: jung und wahrscheinlich frisch von der Highschool, sofern die leichte Akne an seiner Stirn als Hinweis darauf gewertet werden konnte.

Phoebe öffnete gerade den Mund, um dem Jungen mitzuteilen, dass der Platz frei sei, als sich eine andere Stimme einmischte und sagte: »Tut mir Leid, der ist besetzt.«

Der Junge lief puterrot an und trollte sich, als sich ein Kursteilnehmer namens Brett Weir auf den Platz neben Phoebe setzte. Brett schien etwa in Phoebes Alter zu sein, vielleicht auch ein paar Jahre älter. Er schenkte ihr ein, wie er offensichtlich hoffte, gewinnendes Lächeln.

»Phoebe, richtig?«, fragte er. »Ich bin Brett.« Er streckte seine Hand aus.

Phoebe fragte sich, was wohl sein Berufsziel war. Sie vermutete, dass es in Richtung Gebrauchtwagenverkäufer tendierte.

Sie schüttelte kurz seine Hand, schließlich wollte sie weder unhöflich sein, noch ihn ermutigen. Diesen Kurs hatte sie belegt, um zu lernen und nicht um zu flirten. Dies war der Beginn ihrer neuen Collegekarriere, und wichtig war nur, dass sie eine gute Note bekam.

Kaum hatte sie Brett Weirs Hand losgelassen, nahm ein Mädchen neben ihm Platz. Phoebe wusste, dass sie Wendy Chang hieß. Waren Brett und Wendy nicht ein Paar? Phoebe konnte sich daran erinnern, dass Wendy noch vor einer Woche an Bretts Arm gehangen hatte. Jetzt warf sie Phoebe einen finsteren Blick zu und richtete dann ihre Aufmerksamkeit eilig auf Brett.

»Hi, Brett«, sagte sie, während weitere Studenten den Raum betraten.

Brett murmelte etwas, das Phoebe nicht verstehen konnte, bevor er Wendy den Rücken zukehrte.

Oh, oh, dachte Phoebe. Was ist denn da passiert? Es sah nach einer ernsten Beziehungskrise aus, womit sie absolut nichts zu tun haben wollte. Sie war nicht nur nicht zum Flirten in dem Kurs, sie war auch bestimmt nicht hier, um sich in die Probleme anderer Leute hineinziehen zu lassen.

Professor Hagin, ein Mann mit einer tiefen, dramatischen Stimme, kam herein und trat zur Stirnseite des Raumes. »In Ordnung, liebe Kursteilnehmer«, sagte er. »Sobald sich alle gesetzt haben, fangen wir an.« Er schwieg für einen Moment und fummelte im Kreidefach herum.

Der Professor, hoch gewachsen und mit einer wilden grauen Haarmähne ausgestattet, schaffte es, die Luft mit einer erstaunlichen Menge an Kreidestaub zu verpesten, bevor er endlich ein brauchbares Stück fand und anfing, an die Tafel zu schreiben. Er hat zwar eindeutig ein Kreideproblem, dachte Phoebe, aber er ist der beste Dozent, den ich je hatte.

»Da an diesem Sonntag Halloween ist, halte ich es für angebracht, über eins der vielen ungelösten Mysterien San Franciscos zu sprechen. Um genau zu sein, handelt es sich um eins, das sich sogar hier, auf diesem Campus, abgespielt hat. Kennt einer von Ihnen die Legende von den Halloween-Morden?«

Niemand antwortete, aber Phoebe hätte schwören können, dass eine Welle aufgeregter Erwartung durch den Raum ging. Sie schraubte die Kappe ihres Füllers ab, um sich Notizen zu machen.

»Dann werde ich sie Ihnen erzählen«, fuhr Professor Hagin fort, setzte sich auf die Kante seines Pultes und schaukelte mit einem Bein.

»Die Halloween-Morde geschahen vor über vierzig Jahren, im Jahre 1958. Zu jener Zeit war diese Schule kein Gemeinde-College wie heute, sondern eine Privatuniversität für reiche junge Leute in Nordkalifornien.

Eine der beliebtesten Studentinnen der Universität war Betty Warren, und innerhalb der Legende wird großer Wert darauf gelegt, die Tatsache zu betonen, dass Betty jeden Jungen haben konnte, den sie wollte. Doch sie entschied sich nicht für einen Jungen aus ihrer Gesellschaftsschicht. Nein, sie verliebte sich in einen Stipendiaten namens Ronald Galvez.

Bettys Familie und die meisten ihrer Freunde missbilligten diese Beziehung, Bettys beste Freundin Charlotte Logan eingeschlossen. Aber Betty ließ sich davon nicht beirren, denn sie liebte Ronald Galvez.«

Ich glaube, ich mag Betty, dachte Phoebe, als sie die eben genannten Namen in ihr Notizheft kritzelte. Schließlich erforderte es Mut, für das einzutreten, was man wollte. Was für ein Gefühl war es wohl, wenn man seine Liebe gegen seine Freunde und Familie verteidigen musste?

»Manche sind der Ansicht, dass die Beziehung zwischen Betty und Ronald früher oder später ohnehin zerbrochen wäre«, fuhr Professor Hagin fort. »Aber selbst diese Leute hätten nicht vorhersagen können, dass sie auf solch eine tragische Weise enden würde. In der Halloween-Nacht des Jahres 1958 starben Betty und Ronald unter entsetzlichen Umständen, die bis heute ungeklärt sind.«

Sieh an, jetzt wird es spannend, dachte Phoebe, während sie sich unwillkürlich nach vorn beugte, sodass sie nur noch auf der Stuhlkante saß.

»In jener Nacht gab es eine Party – eine Kostümparty natürlich. Sie fand in Thayer Hall statt, dort, wo jetzt die Studentenvereinigung untergebracht ist. Damals diente das Gebäude als Wohnheim. Auch Betty und Ronald besuchten die Party, wo sie zusammen tanzten und sich dann in ein Hinterzimmer zurückzogen – ich muss Ihnen wahrscheinlich nicht sagen, aus welchem Grund ...«

Gekicher ging durch den Hörsaal, von dem sich Professor Hagin in seiner Schilderung nicht unterbrechen ließ.

»Momente später mischten sich Schreie unter den Lärm der Party. Betty kam blutüberströmt aus dem Hinterzimmer getaumelt, in dem sie mit Ronald verschwunden war. Kurz darauf brach sie tot auf dem Boden zusammen, ihr Körper wies zahllose Stichwunden auf.

Als die Partygäste ins Hinterzimmer stürzten, fanden sie Ronald mit blutdurchtränkter Kleidung vor. Zu seinen Füßen lag Bettys beste Freundin Charlotte, die durch eine Stichwunde im Bauch ebenfalls tödlich verletzt worden war. Ronald beteuerte hysterisch, für das Geschehene nicht verantwortlich zu sein, aber niemand glaubte ihm – denn in seinen Händen hielt er ein blutiges Schlachtermesser.«

Professor Hagin weiß zweifellos, wie man eine Geschichte erzählt, dachte Phoebe, während sie gegen einen aufkommenden Schauder ankämpfte.

»Einige der Studenten auf der Party versuchten Ronald zu überwältigen«, fuhr der Professor fort, »aber er hielt sie mit dem Messer in Schach und floh durch ein Fenster. Die Polizei spürte ihn schließlich auf. Als Ronald erneut zu fliehen versuchte, schoss man ihn nieder. Bettys Onkel, der Polizeichef, hatte seinen Officers die Anweisung gegeben, den Flüchtigen mit einem gezielten Todesschuss zur Strecke zu bringen.

Die Legende besagt, dass Ronald im Sterben nach Betty rief und weiter seine Unschuld beteuerte. Sie besagt außerdem, dass die Geister der drei jungen Leute, die in jener Nacht starben – Betty, Charlotte und Ronald –, auf diesem Campus spuken, ruhelos wegen ihres entsetzlichen und vorzeitigen Endes. Obwohl der Fall abgeschlossen und Ronald Galvez offiziell für die Morde verantwortlich gemacht wurde, hat niemand jemals seine Unschuldsbeteuerungen überprüft.«

Was für eine Tragödie, dachte Phoebe. Es haben nicht nur drei junge Leute ihr Leben verloren, sondern Bettys einflussreiche Familie hat auch noch Ronald die Schuld in die Schuhe geschoben.

Aber was ist, wenn er wirklich nicht verantwortlich war?, fragte sich Phoebe. Wenn etwas anderes in dieser Nacht passiert ist? Etwas, das in all diesen Jahren verborgen geblieben ist, unaufgeklärt – und ungesühnt?

Phoebe wurde aus ihren Gedanken gerissen, weil sie bemerkte, dass Marjorie Yarnell blass geworden war und ihre Hand, die sich um einen Kugelschreiber klammerte, heftig zitterte.

»Sind Sie okay?«, flüsterte Phoebe. Instinktiv streckte sie die Hand aus und berührte die Schulter ihrer Mitstudentin.

»Mir geht es gut«, sagte Marjorie.

Phoebe hingegen fühlte sich augenblicklich gar nicht gut, den kaum hatte sie Marjorie berührt, spürte sie auch schon das Prickeln, das jeder ihrer Visionen voranging. Sekunden später trübte sich ihr Blickfeld, und Bilder tanzten vor ihren Augen, die schärfer und schärfer wurden, als würde sie durch ein Teleskop schauen.

Sie konnte einen großen, mit schwarzem Krepppapier und Laternen geschmückten Raum sehen, der voller junger Leute in Halloween-Kostümen war. Sie lachten und tanzten zu einem alten Song aus den fünfziger Jahren, bis ein Schrei durch den Lärm der Musik gellte, der so entsetzlich war, dass Phoebe sich unwillkürlich die Ohren zuhielt.

Aber es war auch dieser gellende Schrei, der sie in die Gegenwart zurückholte. Erschüttert sah sich Phoebe um.

Wie gewöhnlich hatte ihre Vision nur ein paar Sekunden gedauert. Die hatten jedoch gereicht, um sie völlig aufzuwühlen. Sie glaubte nicht, dass einer der anderen Studenten ihre seltsame Reise zum Tatort der Morde bemerkt hatte. Alle waren völlig fasziniert von Professor Hagins Geschichte. Alle bis auf Marjorie Yarnell, die aussah, als würde sie im nächsten Moment die Fassung verlieren.

Warum hat die Berührung Marjories die Vision ausgelöst?, fragte sich Phoebe. Lag es nur daran, dass Marjorie zum Zeitpunkt der Morde schon gelebt hatte? Oder steckte mehr dahinter?

Als sich Professor Hagin abwandte, um etwas an die Tafel zu schreiben, beugte sich Phoebe zu Marjorie hinüber. »Sind Sie sicher, dass es Ihnen gut geht?«, flüsterte sie.

Marjorie nickte, aber Phoebe bemerkte das Zittern ihrer Unterlippe.

»Die Geschichte ist so furchtbar«, sagte Marjorie mit leiser Stimme. »Irgendwie hatte ich nicht erwartet, dass die Legenden, die wir hier untersuchen, so ... drastisch sein würden.«

»Die Geschichte *war* ziemlich brutal«, stimmte Phoebe zu.

Professor Hagin setzte die Vorlesung fort, indem er eine Liste der besten Zeiten und Orte aufzählte, zu und an denen man die Geister von Betty, Ronald und Charlotte sehen konnte.

»Nachdem ich jetzt Ihr Interesse an der Legende geweckt habe«, sagte er am Ende der Stunde, »möchte ich Ihnen mitteilen, dass die Halloween-Morde Ihnen die erste Gelegenheit bieten, Ihre Zensuren zu verbessern. Jeder, der sich bereit erklärt, ein Sonderprojekt über die Geistererscheinungen zu übernehmen, wird zusätzliche Punkte bekommen, die bei der Abschlussnote berücksichtigt werden. Meldet sich jemand freiwillig?«

Phoebes Hand schoss nach oben.

Die Geschichte ist absolut perfekt, dachte Phoebe. Schließlich hatte sie bereits eine Vision gehabt, und wer hatte eine bessere Chance, die Geheimnisse der Vergangenheit zu lösen? Außerdem, sagte sie sich, kann ich mein ernsthaftes Interesse an dem Kurs am besten dadurch unter Beweis stellen, dass ich mich für dieses Sonderprojekt melde.

Vielleicht würden ihre Kräfte ihr helfen, etwas Außergewöhnliches zu leisten, etwa den endgültigen Beweis für Ronald Galvez' Schuld oder Unschuld zu erbringen. Das dürfte ihr eine gute Abschlussnote garantieren.

Phoebe schnippte eifrig mit den Fingern.

»Sehr gut, Miss Halliwell«, sagte Professor Hagin und nickte. »Sie übernehmen also dieses Sonderprojekt.«

Plötzlich hob auch Brett Weir die Hand. »Ich möchte auch mitmachen, Professor Hagin«, rief er.

»Was für ein Enthusiasmus«, murmelte Professor Hagin, aber er lächelte und sagte: »Vielleicht könnten Sie mit Miss Halliwell zusammenarbeiten? Sie könnten Ihre Kräfte vereinigen.«

»Ich habe nichts dagegen«, versicherte Brett strahlend.

»Miss Halliwell?«, fragte Professor Hagin.

Phoebe nickte. »Okay.«

Brett war als Partner nicht gerade ihre erste Wahl. Phoebe hatte das Gefühl, dass er eher daran interessiert war, sie näher kennen zu lernen, als das Rätsel zu lösen, aber sie war sicher, dass sie mit ihm fertig werden würde.

Zwei Köpfe waren außerdem besser als einer, und jemanden zu haben, der ihr bei den Nachforschungen half, konnte nur von Vorteil sein.

Phoebe sah, wie Wendy Chang ihr einen finsteren Blick zuwarf. »Ich will auch mitmachen«, meldete sich Wendy.

Professor Hagin hob die Hände, als wolle er das plötzliche Interesse der Studenten dämpfen.

»Ich denke, zwei Studenten sind bei dem Projekt genug«, sagte er. »In diesem Semester wird es noch ausreichend Gelegenheit geben, zusätzliche Punkte zu sammeln. Wenn Sie ...«

Was auch immer der Professor sagen wollte, wurde vom Klingeln der Glocke unterbrochen.

Wow!, dachte Phoebe. Professor Hagins Geschichte über die Ereignisse des Jahres 1958 war so spannend gewesen, dass sie gar nicht bemerkt hatte, wie schnell die Zeit verflogen war.

Hastig schraubte sie ihren Füller zu, warf ihn und ihr Notizheft in ihre Schultertasche und stand auf. Sie konnte es kaum erwarten, ihren Vorgehensplan zu entwickeln. Am besten wäre es, sie würde zur Studentenvereinigung gehen, eine Tasse Kaffee trinken und überlegen, wie sie weiter vorgehen sollte, bevor sie nach Hause ging.

Sie hatte sich gerade zur Tür gewandt, als sich eine Hand auf ihren Arm legte. Überrascht stellte sie fest, dass Marjorie Yarnell noch aufgelöster aussah als während des Unterrichts.

»Phoebe«, begann Marjorie, »Sie halten mich wahrscheinlich für eine törichte alte Frau ...«

»Aber nein«, protestierte Phoebe. »Überhaupt nicht.« Ich frage mich allerdings, was mit dir los ist, fügte sie im Stillen hinzu. Was hat dich so aufgewühlt?

»Es ist nur ...« Marjorie zögerte. »Seien Sie vorsichtig, wenn Sie diese Morde untersuchen, ja?«

»Natürlich werde ich vorsichtig sein«, antwortete Phoebe, obwohl ihr Marjories Bitte ein wenig ungewöhnlich vorkam. Die Morde waren vor über vierzig Jahren geschehen, und Phoebe war schleierhaft, wieso es heute für irgendjemanden gefährlich sein sollte, sie zu untersuchen.

Ein wenig verlegen löste Marjorie ihre Hand von Phoebes Arm und griff nach ihrer eleganten Büchertasche. »Ich denke, dann ist es in Ordnung.«

Sie eilte aus dem Hörsaal und ließ eine verwirrte Phoebe zurück.

Vielleicht ist sie nur wegen dieser ganzen Gespensterkiste beunruhigt, dachte Phoebe. Vielleicht hat sie sich vorgestellt, dass sie ihr Unwesen auf dem Campus treiben, und so vielleicht meine Vision ausgelöst.

Doch als Phoebe den Hörsaal verließ und auf den Korridor trat, fragte sie sich, ob es nicht möglich war, dass irgendjemand die Geister tatsächlich gesehen hatte. Vielleicht hatte die Campuszeitung darüber berichtet? Das war ein Punkt, den sie untersuchen musste.

»Phoebe!«, sagte plötzlich eine Stimme hinter ihr. Was ist denn jetzt schon wieder?, dachte Phoebe. Sie drehte sich um und sah Wendy Chang, die nicht gerade glücklich wirkte, direkt vor sich stehen.

Wendys Augen blitzten zornig, ihr Mund war zusammengekniffen. »Brett ist nicht der nette Junge, für den du ihn hältst«, sagte sie jäh. »Wenn du weißt, was gut für dich ist, dann sieh dich in seiner Nähe lieber vor.«

»Singst du wieder ein Loblied auf mich, Wendy?«, spottete Brett, der hinter Wendy aufgetaucht war.

Was bin ich? Ein Magnet für alle Spinner?, fragte sich Phoebe. So etwas brauchte sie wirklich nicht.

Wendy lief puterrot an, während sie ihre Büchertasche an die Brust drückte. »Denk daran, was ich dir gesagt habe«, warnte sie Phoebe. Dann eilte sie den Korridor hinunter und verschwand in der Menge der Studenten.

»Es tut mir schrecklich Leid, was gerade passiert ist«, entschuldigte sich Brett, wobei er sich mit Phoebe von den Menschenmassen durch den Korridor tragen ließ. »Wendy und ich waren mal zusammen.«

»Ich weiß. Aber du hast vor kurzem Schluss gemacht«, entgegnete Phoebe.

Brett lächelte verlegen. »Du hast es erraten«, sagte er. »Die Wahrheit ist, dass Wendy ein wenig zu ...« – er schwieg, als würde er nach dem richtigen Wort suchen – »... *anhänglich* für meinen Geschmack war«, erklärte er schließlich.

»Eigentlich«, fuhr er fort, »war sie total besitzergreifend. Wenn ich auch nur ›Entschuldigung‹ zu einem anderen Mädchen gesagt habe, ist sie gleich ausgeflippt. Damit kam ich einfach nicht zurecht.«

Großartig, dachte Phoebe. Wundervoll. Prima. Zuerst wurde sie vor ihrem Sonderprojekt gewarnt, und jetzt musste sie sich auch noch mit der eifersüchtigen Ex eines Typen herumschlagen, an dem sie nicht einmal interessiert war. Manchmal war sie wirklich vom Pech verfolgt.

»Danke für die Information. Ich werde versuchen, mir Wendy vom Leib zu halten«, sagte sie zu Brett.

»Nun, das wird nicht einfach sein«, erwiderte er. »Ich meine, schließlich werden wir zusammenarbeiten, und Wendy wird das gar nicht gefallen. He, findest du nicht, wir sollten unsere Telefonnummern austauschen? Damit wir uns gegenseitig informieren können, wenn wir auf etwas Wichtiges stoßen?«

Guter Versuch, dachte Phoebe, wenn auch sehr durchschaubar. Unter anderen Umständen wäre sie vielleicht an Brett interessiert gewesen. Irgendwie war er niedlich mit seinen großen braunen Augen und den Haaren, die ihm in die Stirn fielen. Er erinnerte Phoebe an einen freundlichen Hundewelpen.

Doch sie durfte jetzt nicht zulassen, dass sie irgendetwas von ihrem Ziel ablenkte, einen guten Abschluss zu machen. Dieser Kurs war der Beginn ihrer neuen College-Karriere, und die würde sie sich von niemandem verderben lassen, nicht einmal von dem niedlichen Brett Weir.

»Weißt du, Brett«, sagte sie, »ich glaube nicht, dass das geht. Meine Schwestern und ich versuchen die Leitung für Familienangelegenheiten freizuhalten.«

Er sah so entgeistert aus, dass Phoebe ihre Worte ein wenig bereute. »Aber wir können uns morgen treffen«, fügte sie hinzu. »Jeder von uns erstellt eine Liste der Dinge über die Legende, die wir untersuchen müssen, dann trinken wir zusammen einen Kaffee, vergleichen sie und verteilen die Arbeit.«

»Großartige Idee«, nickte Brett. »Ich wusste, dass wir ein tolles Team abgeben.« Er machte Anstalten, ihr einen Arm um die Schultern zu legen, doch Phoebe drehte sich schnell weg.

»Dann bis morgen«, sagte sie und eilte den Korridor hinunter, ohne sich noch einmal umzusehen.

Mann! Sie hatte sich schon gedacht, dass es nicht einfach sein würde, wieder aufs College zu gehen, aber sie hatte geglaubt, dass ihr das Lernen Probleme machen würde und nicht das Verhalten ihrer Kommilitonen.

Phoebe sah auf ihre Uhr und stellte fest, dass sie sich länger unterhalten hatte als geplant. Sie fand, dass es besser war, sofort nach Hause zu gehen, statt, wie geplant, zur Studentenvereinigung. Vielleicht sollte sie eine inspirierende Aromakerze anzünden, während sie ihren Vorgehensplan entwickelte. Möglicherweise hatten auch Prue und Piper noch ein paar zündende Ideen.

Doch als Phoebe zu ihrem Wagen ging, fiel ihr ein, dass sie das Rätsel der Halloween-Morde lieber allein lösen wollte, um sich *und* ihren Schwestern zu beweisen, dass sie mehr war als bloß »die verrückte Halliwell«.

Sie erreichte ihren Wagen und schloss ihn auf. Dann warf sie ihre Bücher auf den Beifahrersitz und glitt hinters Lenkrand. Erst als sie den Schlüssel ins Zündschloss steckte, bemerkte Phoebe den weißen Zettel, der an ihrer Windschutzscheibe flatterte.

Will mir jemand was verkaufen?, fragte sie sich und griff nach dem Knopf für den Scheibenwischer, um den Zettel wegzuwischen. Doch genau in diesem Moment drückte ihn eine Böe gegen die Windschutzscheibe, sodass Phoebe die Worte auf dem Papier lesen konnte.

»Pass bloß auf«, stand da in schwungvollen schwarzen Buchstaben.

Phoebe zog den Schlüssel aus dem Zündschloss, stieg aus und griff nach dem Zettel. Dann warf sie die Tür hinter sich zu, zerknüllte den Zettel und marschierte zum Rand des Parkplatzes, wo sie ihn in einen Abfalleimer warf.

Wenn Wendy Chang meint, sie könnte mich auf diese billige Weise in Angst versetzen, irrt sie sich gewaltig, dachte Phoebe wütend, als sie zurück zum Auto stapfte. Dort steckte sie den Schlüssel ins Schloss, drehte ihn um und zog dann an der Tür.

Sie ließ sich nicht öffnen.

Phoebe zog erneut, doch noch immer tat sich nichts. Sie spürte, wie Panik in ihr hochstieg.

Das ist lächerlich, dachte sie. Ich muss mich einfach nur beruhigen. Sie holte zweimal tief Luft, bevor sie schließlich feststellte, dass die Türverriegelung eingerastet war.

Sie steckte den Schlüssel wieder ins Schloss, drehte ihn in die andere Richtung und öffnete die Tür ohne Probleme. Dann schlüpfte sie hinter das Lenkrad, holte zum dritten Mal tief Luft und schob den Schlüssel ins Zündschloss. Ihre Hände zitterten kaum merklich, als sie den Motor anließ und den Gang einlegte, doch Phoebe ignorierte es.

Warum sich Sorgen wegen irgendwelcher Gespenster machen?, dachte sie, als sie langsam vom Parkplatz fuhr. Ich erlebe doch gerade ein reales Drama – mit einer unberechenbaren Schurkin in Gestalt der verschmähten und verzweifelten Wendy Chang.

3

»Hast du das gesehen?«, fragte Phoebe und hielt ein orangenes Flugblatt hoch, das die erste Halloween-Party auf dem Campus seit über vierzig Jahren ankündigte.

Es war Mittwochnachmittag, und sie und Brett saßen bei einem Kaffee in der Studentenvereinigung, der früheren Thayer Hall. Das war der Ort, an dem sich die Halloween-Morde abgespielt hatten. Als der Campus von einer Privatuniversität zu einem Gemeinde-College umgewandelt worden war, hatte man auch die Wohnheime umgebaut und für andere Zwecke genutzt. Irgendein Bürokrat hatte entschieden, Thayer zu einem möglichst öffentlichen Ort zu machen.

Phoebe wusste nicht, ob sie diese Entscheidung für unheimlich oder für brillant halten sollte.

Thayers Verwandlung in einen Ort, an dem sich die unterschiedlichsten Studenten mit den unterschiedlichsten Interessen trafen, war zweifellos eine Möglichkeit, die rätselhaften Überbleibsel der Vergangenheit auszulöschen.

Brett warf einen Blick auf das Flugblatt und nickte. »Ja, hab ich«, sagte er. »Sie suchen noch immer Leute, die ihnen in der Nacht vor der Party bei den Dekorationen helfen. Alles soll im Stil der fünfziger Jahre hergerichtet werden. Tolle Idee, was?«

Machst du Witze?, hätte Phoebe fast gesagt. Stattdessen begnügte sie sich mit einem »Nun, ich weiß nicht, ob ich das so bezeichnen würde«.

Eine Halloween-Kostümparty in demselben Gebäude steigen zu lassen, in dem die Morde stattgefunden hatten, klang nicht gerade wie eine tolle Idee. Im schlimmsten Fall klang es potenziell gefährlich. Im besten klang es ... einfach nur geschmacklos.

Phoebe faltete das Flugblatt zusammen und steckte es in ihre Büchertasche. Dann trank sie einen Schluck von ihrem Milchkaffee und sagte: »Ich habe mir überlegt, wo wir mit unseren Nachforschungen anfangen könnten. Wir sollten zunächst herausfinden, ob es jemals irgendwelche Berichte über seltsame Zwischenfälle in oder um Thayer gegeben hat. Abgesehen von den Morden, meine ich.«

Brett zog die Brauen zusammen. »Worauf willst du hinaus?«

»Ich dachte mir, dass wir vielleicht die Gespensterschiene verfolgen könnten, um hinter das Geheimnis zu kommen«, erklärte Phoebe. »Schließlich geht es bei dem Sonderprojekt um die Geistererscheinungen. Wir könnten zum Beispiel alte Schulzeitungen nach unerklärlichen Ereignissen in der Umgebung des Tatorts in den Jahren nach den Morden durchforsten.«

»Wow!«, machte Brett, während sich seine Welpenaugen weiteten. »Das ist eine tolle Idee! Daran habe ich nicht einmal annähernd gedacht. Ich bin davon ausgegangen, dass wir versuchen würden herauszufinden, was wirklich passiert ist.«

Phoebe musste zugeben, dass dies auch keine schlechte Idee war, schließlich hatte sie sogar selbst schon daran gedacht.

»Ich denke, wir sollten beide Wege verfolgen, meinst du nicht?«, fragte sie.

Brett nickte nachdrücklich. »Unbedingt!«, sagte er. »Soll ich mich um die Geistersache kümmern?«

»Das wäre wirklich toll, Brett«, sagte Phoebe, froh, dass alles genau so lief, wie sie gehofft hatte. Während Brett seine Zeit in der Bibliothek mit den Mikrofiches verbrachte, würde sie den ersten Punkt auf der Liste untersuchen, die sie aufgestellt hatte. Es war eine Aufgabe, die Phoebe lieber selbst in die Hand nehmen wollte.

»Und was machst du?«, fragte Brett.

Als Antwort zog Phoebe ein dickes Buch aus ihrer Büchertasche, das sich als ein College-Jahrbuch von 1959 entpuppte. »Ich konnte das '58er Jahrbuch nicht finden«, erklärte sie, »aber ich habe das aus dem Jahr danach aufgetrieben. Und darin hab ich das hier entdeckt.« Sie schlug das Jahrbuch auf und deutete auf ein Foto.

»Wow!«, machte Brett. »Das ist ja Wahnsinn!« Er las die Bildunterschrift laut vor. »›John Williams, Abschiedsredner bei der Schulentlassungsfeier 1959; Mitglied des Footballteams der Uni.‹«

Phoebe grinste und fügte hinzu: »Und heute Professor Williams, Dekan für Studentenangelegenheiten. Ich werde die jetzigen Fakultätsmitglieder interviewen, die zur Zeit der Morde hier Studenten waren. Und ich fange ganz oben an.«

»Was kann ich für Sie tun, Miss Halliwell?«, fragte Dekan Williams später an diesem Nachmittag.

Phoebe straffte sich auf dem harten Stuhl in seinem Büro. Irgendetwas an dem Dekan für Studentenangelegenheiten schüchterte sie ein. Wenn sie es nicht bereits in dem Jahrbuch gelesen hätte, hätte Phoebe vermutet, dass er früher einmal Footballspieler gewesen war. Er ist so groß und massig, dass er aussieht, als wäre er ein wandelnder Gefrierschrank, dachte Phoebe. Er hatte eine direkte und schroffe Art.

»Ich arbeite an einem Referat für Professor Hagins Kurs«, begann sie. »Und zwar über die Halloween-Morde. Da Sie damals an dieser Uni Student waren, dachte ich, Sie wüssten vielleicht, was wirklich passiert ist.«

Ein düsterer Ausdruck huschte über das Gesicht des Dekans, und Phoebe fragte sich, ob sie die falsche Frage gestellt hatte.

»Oder kannten Sie vielleicht Ronald Galvez oder Betty Warren?«, wollte sie wissen.

Dekan Williams beugte sich nach vorn und stützte sich mit den Ellbogen auf den großen Eichenschreibtisch. »Betty Warren war eine Freundin von mir. Sie war eins der nettesten Mädchen, die man sich vorstellen kann. Und ich habe nicht den geringsten Zweifel, dass Ronald Galvez sie und Charlotte ermordet hat«, sagte er in einem Ton, der keinen Widerspruch duldete. »Dieser Junge hat von Anfang an nichts als Ärger gemacht.«

Phoebe schrieb Dekan Williams' Bemerkungen in ihrem Notizbuch nieder. Seine Sicht der Dinge überraschte sie nicht, schließlich hatte er bereits zugegeben, dass er einer von Bettys Freunden gewesen war – und die hatten die Beziehung zu Ronald ja missbilligt.

»Was meinen Sie mit Ärger?«, fragte Phoebe neugierig.

»Galvez war der klassische Unruhestifter. Er war nicht dumm – deshalb hat er auch das Stipendium bekommen –, aber er hatte nur Unsinn im Kopf. Ständig stellte er irgendwelchen Unfug an oder war in Schlägereien verwickelt. Er war anders als Bettys restliche Freunde.«

»Gab es denn niemanden, der die Beziehung zwischen Ronald und Betty unterstützt hat?«, fragte Phoebe.

»Absolut niemanden«, erklärte Dekan Williams. »Bettys beste Freundin Charlotte Logan hatte am meisten gegen diese Verbindung einzuwenden. Sie konnte es nicht ertragen mit anzusehen, wie sich Betty an einen Kerl wie Ron Galvez hängte. Charlotte wusste, dass nichts Gutes dabei herauskommen würde, aber nichts, was Charlotte sagte, konnte Bettys Meinung ändern.«

Ein sonderbarer Ausdruck, den Phoebe nicht deuten konnte, huschte über das Gesicht des Dekans. »Die Wahrheit ist«, fuhr er fort, wobei er mehr zu sich selbst sprach, »dass Betty ziemlich stur sein konnte.«

Plötzlich war Phoebe hellwach. Da war etwas in Dekan Williams' Gesichtsausdruck, wenn er über Betty sprach. Zwar war er ein Jahr jünger als sie, aber konnte es nicht möglich sein, dass er früher einmal ein Auge auf sie geworfen hatte?

»Ich habe immer die Theorie vertreten, dass es Charlotte am Abend der Party schließlich doch gelungen war, zu Betty durchzudringen«, erklärte er. »Ich glaube, dass Betty mit Ronald in dieses Zimmer ging, um mit ihm Schluss zu machen.

Von der Annahme, dass sie sich mit ihm zurückzog, um ›herumzumachen‹, habe ich dagegen nie etwas gehalten«, fuhr Dekan Williams mit leicht gerötetem Gesicht fort. »Sie gehörte einfach nicht zu dieser Sorte Mädchen.«

Erwischt!, dachte Phoebe. Sie hatte plötzlich eine sehr klare Vorstellung davon, warum John Williams in dieser Sache so seltsam reagierte. Er hatte damals tatsächlich ein Auge auf Betty Warren geworfen, was an dem klassischsten aller Symptome sichtbar wurde: Er leugnete, dass sie etwas mit einem anderen gehabt hatte.

»Sie glauben also, dass Ronald Betty tötete, nachdem sie mit ihm Schluss gemacht hatte?«, fragte Phoebe.

»Davon bin ich fest überzeugt«, bestätigte Dekan Williams. »Betty hat ihm gesagt, dass sie nichts mehr mit ihm zu tun haben wollte, und er ist durchgedreht und brachte sie um. Und ich glaube, dass Charlotte versucht hat, ihn daran zu hindern, deshalb hat er auch sie erledigt. Er glaubte wahrscheinlich, dass die Schuld an der Trennung bei ihr lag.«

»Das ist sehr interessant«, sagte Phoebe, als sie die Geschichte des Dekans in ihr Notizheft gekritzelt hatte. Dann blickte sie auf. Dekan Williams saß völlig entspannt hinter seinem wuchtigen Eichenschreibtisch. Vielleicht sogar ein wenig selbstzufrieden, dachte Phoebe.

Jetzt war es an der Zeit für den zweiten Teil ihres Planes: Sie wollte *ihre* Version des Geschehenen vorbringen und sehen, welche Reaktion sie auslöste.

»Sie glauben also nicht, dass noch jemand anders in die Sache verwickelt war?«, fragte sie Dekan Williams und sah ihn dabei prüfend an. »Jemand, der das Zimmer verließ, bevor die anderen auftauchten? Eine Person, deren Identität nie aufgedeckt wurde?«

Bei Phoebes Worten lief Dekan Williams' Gesicht dunkelrot an. Dann sprang er wie von einer Tarantel gestochen von seinem Stuhl auf.

»Das ist nichts weiter als eine lächerliche Spekulation«, stieß er aufgebracht hervor. »Ronald Galvez' Familie hat damals versucht, einen derartigen Unsinn in Umlauf zu bringen, aber niemand hat dem Glauben geschenkt. Es ist völlig überflüssig, diese unglaubwürdige Version der Geschichte noch einmal hervorzukramen. Dazu ist es außerdem viel zu spät.«

Er kam um den Schreibtisch herum, und Phoebe stand abrupt auf und griff nach ihrem Füller und dem Notizheft. »Ich fürchte, das ist alles, was ich Ihnen sagen kann, Miss Halliwell«, erklärte der Dekan und wies zur Tür. Phoebe wandte sich ab und hatte bereits ihre Hand auf die Klinke gelegt, als sich Dekan Williams noch einmal zu Wort meldete.

»Hören Sie auf meinen Rat, Miss Halliwell«, flüsterte er mit einer Stimme, bei deren Klang sich Phoebes Nackenhaare aufrichteten. »Sie handeln sich nur Ärger ein, wenn Sie nach Geheimnissen suchen, wo keine sind. Dieser Fall wurde vor über vierzig Jahren gelöst. Ronald Galvez hat diese beiden Mädchen getötet.«

»Vielen Dank, dass Sie mir Ihre Zeit geopfert haben, Dekan Williams«, presste Phoebe mühsam hervor. Dann zog sie die Tür auf und huschte nach draußen. Ihre Gedanken überschlugen sich.

Was ist gerade dort drinnen wirklich passiert?, fragte sich Phoebe und schloss die Tür hinter sich. Dann erschrak sie zutiefst. Marjorie Yarnell stand direkt vor ihr.

»Oh, Phoebe. Ich ... ich habe Sie gar nicht gesehen ...«, sagte Marjorie.

Nun, natürlich hast du mich nicht gesehen, dachte Phoebe. Ich bin gerade aus dem Büro des Dekans gekommen.

Marjorie stand so dicht vor der Tür, dass es ein Wunder war, dass Phoebe sie nicht umgestoßen hatte.

War sie nahe genug gewesen, um alles mit anzuhören?, schoss es Phoebe plötzlich durch den Kopf.

»Ich denke, der Dekan ist jetzt frei, wenn Sie einen Termin bei ihm haben«, sagte Phoebe mit einem Blick zum leeren Schreibtisch seiner Sekretärin.

Marjorie zupfte nervös am Riemen ihrer Handtasche. »Oh, nein«, widersprach sie, »nichts dergleichen. Ich habe keinen Termin bei ihm. Ich war nur gerade in der Nähe – Sie wissen, wie das ist.«

Zweifellos treibt sich niemand nur aus Zufall im Vorzimmer des Dekans herum, dachte Phoebe.

»Wir sehen uns im Kurs, Phoebe, meine Liebe«, fuhr Marjorie fort, sichtlich bemüht, sich zusammenzureißen. Dann stieß sie die Vorzimmertür auf und eilte davon. Ihre Lackschuhe klapperten auf dem Hartholzboden.

Wow!, dachte Phoebe. Zuerst flippt Dekan Williams aus, als ich andeute, dass Ronald Galvez für die Morde nicht verantwortlich ist. Und dann flippt Marjorie aus, als ich Dekan Williams erwähne!

Es muss mehr hinter der Geschichte von Betty und Ronald stecken, sagte sich Phoebe, während sie das Vorzimmer des Dekans verließ. Plötzlich fiel ihr wieder ein, was er gesagt hatte: »Dieser Fall wurde vor über vierzig Jahren gelöst.« Vielleicht war es an der Zeit, ein paar Polizeiakten zu überprüfen, um festzustellen, wie gründlich der Fall eigentlich untersucht worden war, vor allem, weil Bettys Onkel derjenige war, der den Befehl zum gezielten Todesschuss gegeben hatte.

Phoebe war entschlossen herauszufinden, was in dieser Nacht wirklich passiert war – und sich damit eine hervorragende Note zu verdienen!

»Ich kann dir gar nicht genug danken, Piper. Es war wirklich großartig von dir, meiner Band die Gelegenheit zu geben, ein paar Nächte lang zu proben. Ich ...«

Auf einer Seite des Nischentischs im P3 saß Dylan Thomas und schwieg abrupt, während er darauf wartete, dass Piper ihre schönen dunklen Augen auf ihn richten würde.

Es war erst einen Tag her, seit er Piper kennen gelernt hatte, aber es war ein Tag, den Dylan hervorragend genutzt hatte, wie er selbst fand.

Er hielt Pipers Blick stand, sah dann aber auf den Tisch, als wäre er plötzlich verlegen geworden.

»Was ist, Dylan?«, fragte Piper. »Es ist okay. Du kannst es mir ruhig sagen.«

Schon bald, dachte Dylan. Schon bald.

Er konnte die Wellen des Mitgefühls, die von ihr ausgingen, fast spüren. Konnte spüren, wie ihre Finger zuckten, weil sie seine berühren wollten. Nun, ich kann dieser kleinen stummen Bitte ruhig nachgeben, dachte er. Schließlich passte das perfekt in seinen Plan.

Er schob seine Hand über den Tisch, als wollte er nach der Kaffeetasse greifen, um dann im letzten Moment, mit der Handfläche nach oben, innezuhalten.

Piper zögerte keine Sekunde, sondern verschränkte sofort ihre Finger mit seinen und drückte ihm aufmunternd die Hand. Dylan erwiderte den Druck. Er konnte spüren, wie ihr Körper bei dem Kontakt in Aufruhr geriet.

Das war gut. Es war sehr, sehr gut. Denn es bedeutete, dass er Piper Halliwell genau da hatte, wo er sie haben wollte – in der Hand.

Jetzt war die Zeit für den nächsten Schritt seines Planes gekommen.

»Es war einfach großartig, genug Zeit zu haben, um sich mit der Akustik des Clubs vertraut zu machen«, sagte Dylan. »Es ist wichtig für die Art Musik, die wir machen, und die meisten Clubbesitzer scheinen das nicht zu verstehen.«

Er verstärkte den Druck seiner Finger ein wenig und wurde mit Pipers beschleunigtem Puls belohnt. »Natürlich hätte ich wissen müssen, dass du es verstehen würdest.«

Piper zuckte mit den Schultern, als wollte sie der Annahme widersprechen, dass sie etwas Ungewöhnliches getan hatte. Er bemerkte jedoch, wie sich bei dem Kompliment ihre Wangen röteten.

»Die Mundpropaganda, die durch deine Band entsteht, ist gut fürs Geschäft«, sagte sie. »Wie es aussieht, ist jeder einzelne eurer Auftritte an diesem Wochenende ausverkauft.«

Dylan ließ sein strahlendes Lächeln aufblitzen. »Ausgezeichnet«, sagte er. »Ich habe einen ganz besonderen Gast für Samstagabend eingeladen. Ich hoffe, du hast nichts dagegen.«

»Natürlich nicht«, versicherte Piper.

»Verzeihung, dass ich stören muss«, sagte eine Stimme neben ihnen.

Dylan und Piper blickten zu der Mitarbeiterin des P3 auf, die an ihren Tisch getreten war.

»Was gibt es, Nicole?«, fragte Piper.

»Da ist ein Anruf für dich«, antwortete die junge Frau.

»Tut mir Leid.« Piper schenkte Dylan ein entschuldigendes Lächeln. »Ich bin gleich wieder da«, versprach sie.

Das wirst du ganz bestimmt, dachte er, während er noch einmal ihre Finger drückte, bevor sie ihm ihre Hand entzog. Wirklich, das ist fast zu einfach, überlegte er dann und schaute ihr nach, als sie Nicole durch den Club zur Bar folgte. Das Telefon lag auf dem polierten Holztresen.

Er hatte geglaubt, dass die Hexen klüger wären. Nicht, dass er sich beschweren wollte. Natürlich nicht. Umso besser für ihn.

Dylan wartete, bis Piper den Hörer ans Ohr gedrückt und sich mit dem Rücken zu ihm auf einen Barhocker gesetzt hatte. Dann griff er in die Innentasche seines taillierten schwarzen Jacketts und zog einen kleinen gelben Beutel heraus. Er löste die Kordel, griff hinein und nahm eine Prise violetten Pulvers heraus. Er streckte sich, als hätte er zu lange in einer Haltung gesessen, und schüttete das Pulver in Pipers Kaffee.

Hätte jemand ihn beobachtet, hätte derjenige gesehen, wie für einen kurzen Moment die Luft über der Kaffeetasse seltsam funkelte – zuerst weiß, dann rot und am Ende schließlich tintenschwarz. Dann verblasste das Funkeln.

Aber natürlich beobachtete ihn niemand. Dafür hatte Dylan gesorgt. Auch dafür, dass Piper im richtigen Moment von ihrem Tisch weggerufen wurde, hatte er Vorkehrungen getroffen.

»Ich hoffe, es ist nichts Schlimmes passiert?«, erkundigte er sich, als Piper zurück an den Tisch kam.

»Da war eigentlich niemand«, sagte Piper und setzte sich wieder zu ihm. »Als ich an den Apparat ging, hatte der Anrufer bereits aufgelegt.«

»Hmm«, machte Dylan, hob seine Kaffeetasse und trank einen Schluck. »Ich wette, Clubs bekommen eine Menge verrückte Anrufe dieser Art.«

»Manchmal«, stimmte Piper zu und hob ihre Tasse. Sie trank einen Schluck und schnitt augenblicklich eine Grimasse. »Ich werde ein Wörtchen mit dem Barkeeper reden müssen«, sagte sie. »Dieser Kaffee ist viel zu stark.«

»Wirklich?«, fragte Dylan in überraschtem Tonfall. Vorsichtig stellte er seine Tasse wieder ab. Das ist ausgezeichnet, dachte er. Sie hat den Köder geschluckt. Buchstäblich. Jetzt war es nur eine Frage der Zeit, bis das Pulver in ihrem Kaffee seine Wirkung entfaltete.

»Das hab ich gar nicht bemerkt. Meiner scheint perfekt zu sein.«

»Nun, natürlich ist er das«, antwortete Piper ohne zu zögern. »Es ist schließlich deiner.«

Dylan verfolgte hoch zufrieden, wie ihr vor Überraschung über das, was sie gesagt hatte, die Kinnlade herunterfiel.

Hervorragendes Timing, dachte er. Es hat nur knapp dreißig Sekunden gedauert.

»Es tut mir Leid«, entschuldigte sich Piper. »Normalerweise ...«

»Sicherlich erwartest du nicht von mir, dass ich diese Entschuldigung annehme«, sagte Dylan mit einem Lächeln.

Seine Zufriedenheit nahm noch zu, als eine jetzt völlig verlegene Piper aufsprang, dabei gegen den Tisch stieß und beide Tassen Kaffee umstieß.

Es wird immer besser, dachte Dylan, als auch er aufstand. Piper hatte nicht nur seinen Zaubertrank zu sich genommen, sondern auch noch jeden Beweis vernichtet.

»Das sollte ich wohl besser sauber machen«, stammelte Piper. »Du hast doch nichts abbekommen, oder?«

Dylan öffnete sein Jackett und enthüllte das hautenge Seidenhemd, das er darunter trug. Er konnte fast spüren, wie Pipers Blutdruck in die Höhe schoss.

»Ich glaube, mir geht's gut«, stellte er fest und trat einen Schritt näher. »Ich muss dich jetzt verlassen«, flüsterte er mit sanfter Stimme. »Aber ich freue mich schon darauf, dich morgen wieder zu sehen, Piper.«

»Morgen. Ja, okay, schön«, stieß Piper hervor. Dann eilte sie davon, um ein Wischtuch zu holen. Dylan fragte sich unwillkürlich, wie lange sie brauchen würde, um eins zu finden.

Er summte vor sich hin, als er durch die Türen des P3 schritt. So weit, so gut, dachte er. Auf dem Bürgersteig blieb er stehen und sah auf seine Uhr. Viertel vor fünf. Fast Feierabend für die Menschen, die von neun bis fünf Uhr arbeiteten.

Dylan Thomas schloss die Augen, um sich zu konzentrieren, und blinzelte heftig. Dann öffnete er die Augen und fand sich vor dem Haupteingang von Buckland's wieder.

Glücklicherweise standen ihm als Hexer andere Transportmittel als den Normalsterblichen zur Verfügung.

»Kommen Sie schon, Prue«, drängte er fünf Minuten später. »Sie können mir doch nicht weismachen, dass Sie keine Zeit für eine mickrige Tasse Kaffee haben.« Er beugte sich über ihren Schreibtisch. »Ich verrate Ihnen auch, wo ich den Stuhl hingebracht habe«, lockte er.

Prue verzog den Mund. »Ich vermute, dass er in Ihrem Apartment steht.«

»Hotelsuite«, korrigierte er sie.

»Hotelsuite«, wiederholte sie.

»Wer hat Ihnen das gesagt?«, schmollte Dylan.

Prue lachte und lehnte sich auf ihrem Stuhl zurück.

Oh, er genoss es. Die Schwestern waren so verschieden. Piper war süß und warmherzig. Prue hochintelligent, aber ein wenig zugeknöpft. Man konnte sie sogar als spitzzüngig bezeichnen.

Doch trotz aller Unterschiede hatten die Schwestern eins gemeinsam: Beide fielen seinem fatalen Charme zum Opfer.

Sobald er Prue eine Dosis desselben violetten Pulvers verpasst hatte, das er auch Piper verabreicht hatte, würde sie ihm genauso hoffnungslos verfallen sein wie ihre Schwester. Von da an würde es ein Kinderspiel sein, die Schwestern auseinander zu bringen und dann einzeln zu besiegen.

Wenn sie zusammenarbeiteten, dachte Dylan, sind die drei Hexen unbesiegbar. Doch einzeln sind sie nicht besonders stark. Im Gegenteil, dann sind sie sogar verwundbar. Es müsste einfach sein, ihnen ihre Kräfte zu rauben.

Stufe eins war erreicht. Stufe zwei sah vor, dass Prue seinen Zaubertrank schluckte.

»Sind Sie sicher, dass ich Sie nicht überreden kann?«, fragte Dylan wieder. Er beugte sich leicht vor, wobei sein Jackett aufklaffte und das hautenge Hemd enthüllte. Mühsam verbarg er seine Belustigung, als Prues Augen zu seiner breiten Brust wanderten.

»Gegenüber von Buckland's liegt eins meiner Lieblingscafés«, lockte er.

»Sie meinen doch nicht etwa das Michelangelo's, oder?«, fragte Prue mit plötzlichem Interesse. »Dort gehe ich nämlich ständig hin.«

»Natürlich meine ich das Michelangelo's«, sagte Dylan mit Nachdruck. »Dort gibt es die besten Biskuits der Stadt.«

»In Ordnung, ich gebe auf. Sie haben mich überredet«, lenkte Prue ein und hob resignierend die Hände, »aber ich kann höchstens zwanzig Minuten opfern.«

Dylan schenkte ihr ein hinreißendes Lächeln, das genau berechnet war. Dann half er ihr in die Jacke und ließ seine Hände für einen Moment auf ihren Schultern ruhen.

»Ich bin sicher, dass für das, was ich vorhabe, mehr als genug Zeit sein wird«, murmelte er leise.

4

»*J*eder, mit dem ich geredet habe, schien absolut sicher zu sein, dass Ronald Galvez die Morde begangen hat«, sagte Phoebe leicht verdrossen.

Es war später Donnerstagnachmittag, ein Tag nach ihrem Interview mit Dekan Williams. Phoebe saß mit Brett in der Campusbibliothek und hatte bereits die Mikrofiches mit den Zeitungsberichten über die Morde durchgesehen.

»Ich habe sogar den ganzen Morgen damit verbracht, mich durch alte Polizeiakten zu arbeiten«, klärte sie Brett auf.

»Und?«, fragte er.

»Na ja«, seufzte sie. »Die Akten zu dem Fall waren weg. Verschwunden. In Luft aufgelöst.«

»Seltsam«, meinte Brett.

»Es ist mehr als nur seltsam. Mir kommt es vor, als wollte irgendjemand nicht, dass die Leute diese Akten lesen und herausfinden, was wirklich geschehen ist«, sagte Phoebe.

»Also sind wir in einer Sackgasse«, fasste Brett zusammen.

»Danke für den Hinweis«, murmelte Phoebe, während sie die Schuljahrbücher aus den fünfziger Jahren ansah, die vor ihr auf dem Tisch lagen.

Sie hoffte, die Fotos von Betty, Ronald und Charlotte würden ihr helfen, sich in die drei hineinzuversetzen und ein besseres Gefühl für die damalige Situation zu entwickeln.

Bis jetzt hatte es nicht viel geholfen. Wahrscheinlich lag es daran, dass sie es bisher noch nicht geschafft hatte, eines der Jahrbücher aufzuschlagen. Jedes Mal, wenn sie versuchte zu arbeiten, wurde sie von Brett unterbrochen.

Zuerst hatte er darauf bestanden, in einer stillen Ecke im hinteren Teil der Bibliothek zu arbeiten. Um, wie er behauptete, ungestörter zu sein. Aber die Wahrheit war, wie Phoebe argwöhnte, dass Brett ein einsames Plätzchen gesucht hatte, damit er nicht gestört wurde, wenn er sie anbaggerte.

Sie sah ihn misstrauisch an, als er seinen Stuhl immer näher an ihren heranrückte.

Der Kerl bildet sich doch wohl nicht ein, subtil vorzugehen, oder?, fragte sich Phoebe, als sie wahllos nach einem der Jahrbücher griff. 1957 – das Jahr vor den Morden und zwei Jahre, bevor die Opfer ihren Abschluss gemacht hätten. Das Jahrbuch von 1958 – dem Jahr der Katastrophe und dem Jahr der Party – hatte sie nicht in den Regalen finden können, was sie irritierte. War es zusammen mit den fehlenden Polizeiakten verschwunden?

Eilig blätterte Phoebe durch die Jahrbuchseiten, bis sie Ronald Galvez' Unterstufenfoto fand. Sie musste zugeben, dass er ziemlich attraktiv war und Ähnlichkeit mit James Dean aufwies. Er hatte dunkle Haare und dunkle Augen und sein Gesichtsausdruck war mehr als nur ein wenig trotzig. Dennoch empfand Phoebe Sympathie für ihn. Er musste das Gefühl gehabt haben, dass die ganze Welt gegen ihn war.

Ob es wirklich so war?, fragte sich Phoebe.

Sie dachte an Bettys Onkel, den Polizeichef, der seinen Officers den Befehl zum gezielten Todesschuss gegeben hatte. Hatte sich denn niemand für Ronald Galvez eingesetzt?

Jemand hatte es getan, dämmerte ihr plötzlich. Aber Ronalds wichtigste Unterstützerin war auch eins der Opfer gewesen – Betty Warren.

Heftig schlug Phoebe das Jahrbuch zu und lehnte sich auf ihrem Stuhl zurück, bis sich dessen Vorderbeine von dem gefliesten Boden lösten.

»Ich habe ein komisches Gefühl bei der Sache«, sagte sie. »Dekan Williams, Professor Hagin, einfach jeder, der zur Zeit der Morde in der Stadt gelebt hat ... sie alle erzählen dieselbe Geschichte. Es ist einfach zu glatt, zu überzeugend. Im Gegensatz zu den Morden, die brutal und hässlich waren. Ich glaube, dass noch irgendetwas anderes dahinter steckt, das wir bisher noch nicht entdeckt haben.«

Phoebe fuhr zusammen, denn Brett hatte seinen Arm um ihre Schultern gelegt. Sein Stuhl quietschte, als er noch näher rückte.

Wenn er mir sagt, dass es Dinge an mir gibt, die er gern entdecken möchte, werde ich etwas Hässliches tun, dachte Phoebe.

»Ich kann mir eine Menge viel interessanterer Dinge vorstellen, die ich gern an dir entdecken möchte«, hauchte Brett in ihr Ohr.

Genau das wollte sie nicht hören. Phoebe verlagerte ihr Gewicht nach vorn, und die Vorderbeine des Stuhls sausten mit aller Kraft nach unten. Hart. Das rechte landete genau auf dem Spann von Bretts linkem Fuß.

»Autsch!«, schrie er, ließ Phoebe los und rutschte hastig zurück.

»Hat das wehgetan?«, fragte Phoebe, während sie ihr Bestes tat, um besorgt auszusehen. »Brett, es tut mir Leid. Außerdem hab ich die ganze Zeit geredet. Das war ja so egoistisch von mir. Wieso erzählst du mir nicht, was deine Nachforschungen ergeben haben? Bist du auf irgendetwas Ungewöhnliches gestoßen?«

Brett murmelte etwas, das Phoebe nicht verstehen konnte.

»Was?«, fragte Phoebe und lächelte zuckersüß. »Ich fürchte, ich habe das nicht mitbekommen.«

»Ich habe noch keine Nachforschungen betrieben«, gab Brett zu.

Phoebes Lächeln gefror. »Mal sehen, ob ich dich richtig verstanden habe«, sagte sie. »Ich habe den ganzen Morgen damit verbracht, mich durch diese staubigen alten Polizeiakten zu arbeiten. Den ganzen gestrigen Nachmittag habe ich verschiedene Bürger und Fakultätsmitglieder zu den Morden interviewt, wobei die meisten ungeduldig, manche sogar unwirsch reagierten, und du sagst mir, dass du noch nichts getan hast?«

»Schon gut«, sagte Brett mürrisch und stand auf. »Du musst es mir nicht noch extra unter die Nase reiben. Ich gehe.« Er humpelte davon und verschwand hinter einem der hohen Bücherregale.

Phoebe schnitt eine Grimasse. Sie hatte versucht, nett zu sein, aber Brett hatte es einfach nicht kapiert. Und deshalb hatte sie auch keine Schuldgefühle, weil sie zu ziemlich drastischen Mitteln gegriffen hatte.

Phoebe stand auf, schlich auf Zehenspitzen zum Ende der Bücherregalreihe und spähte um die Ecke. Jetzt, wo Brett weg war, schien dieser Winkel der Bibliothek menschenleer zu sein.

Ausgezeichnet, dachte sie. Die Luft war rein. Sie konnte zu Phase zwei übergehen.

Eilig kehrte Phoebe an ihren Platz zurück und zog einen Zettel aus ihrer Blusentasche, den sie auf dem Tisch glatt strich. Er enthielt eine Beschwörungsformel, die sie aus dem *Buch der Schatten* abgeschrieben hatte.

Zwar hatte Phoebe gehofft, von Brett einige Informationen über das Auftauchen von Geistern zu bekommen, aber sie war entschlossen, auch ohne diese weiterzumachen.

Ihr Instinkt sagte ihr, dass hinter der Geschichte der Morde mehr steckte, als die Leute zugeben wollten.

Zumindest, soweit es die Lebenden anging. Doch was war mit den Toten? Was würden die ihr sagen?

Diese Frage konnte nur auf eine Weise beantwortet werden – sie musste einen Geist rufen und zu diesem Zweck die Beschwörungsformel ablesen, die vor ihr auf dem Zettel stand.

Prue und Piper hatte sie nichts davon erzählt, obwohl sie normalerweise niemals allein einen derartigen Zauber zur Anrufung der Toten benutzt hätte. Jeder Zauber war stärker – und sicherer –, wenn die Macht der drei Schwestern dahinter stand.

Aber Phoebe hatte ihre Schwestern seit dem Abendessen am Anfang der Woche kaum gesehen. Jede war viel zu sehr mit ihren eigenen Angelegenheiten beschäftigt. Wenn Phoebe das Projekt pünktlich abschließen wollte, um die zusätzlichen Punkte zu bekommen, durfte sie nicht länger warten. Sie musste die Beschwörung auf eigene Faust durchführen – und sich den Konsequenzen stellen.

Also bring es endlich hinter dich, sagte sie sich. Sie war eine mächtige Hexe, die gegen Dämonen und Hexer gekämpft hatte. Was konnte ihr nach solchen Gegnern schon der harmlose Geist eines Teenagers anhaben?

Erneut las Phoebe die Formel durch. Zwar erlaubte diese nur die Beschwörung eines Geistes, aber das war zumindest ein Anfang.

Sie schloss die Augen und stimmte einen Singsang an:

> Wächter der Zeit, zieht den Vorhang zurück.
> Enthüllt die Geheimnisse der Vergangenheit Stück für Stück.
> Vergangenheit und Gegenwart sind nicht länger getrennt.
> Schickt einen Geist, der sich im Gewesenen auskennt.
> Die Darsteller sind fort, doch erlaubt mir zu sehen.
> Mein Wille erfüllt sich, also lasst es geschehen.

Erwartungsvoll öffnete Phoebe die Augen und sah sich um. Sie befand sich noch immer im Jahre 1998, saß weiterhin in der Bibliothek. Weit und breit gab es keine Spur von einem Geist, nicht einmal ein Nebelfetzen war zu sehen.

Phoebe unterdrückte ihre Enttäuschung und überprüfte die Formel. Hatte sie vielleicht die Wörter verwechselt? Oder irgendetwas ausgelassen?

Vielleicht ist die Beschwörungsformel nicht spezifisch genug, dachte Phoebe, während sie den Text noch einmal las. Sie musste zugeben, dass die Formel irgendwie vage war. Allerdings enthielt das *Buch der Schatten* keine Formel, mit der sich gleich drei Geister beschwören ließen.

Ich werde mir heute Abend noch einmal das Buch vornehmen, entschied Phoebe. Schließlich hatte sie in ihrem Dasein als Hexe vor allem eins gelernt: dass nicht immer alles so lief, wie man es geplant hatte.

Sie faltete den Zettel mit der nutzlosen Beschwörungsformel zusammen und steckte ihn zurück in ihre Blusentasche. Vielleicht konnte sie Piper oder Prue um Hilfe bitten, falls die beiden zu Hause waren.

Phoebe wollte gerade nach einem der anderen Jahrbücher greifen, als ihre Hand auf dem Ledereinband erstarrte. Ganz in der Nähe weinte jemand. Wahrscheinlich eine andere Studentin, dachte Phoebe, ein Mädchen, das eine schlechte Zensur bekommen hatte oder an Liebeskummer litt und sich jetzt in der Bibliothek ausheulte.

Ich sollte besser nachsehen, ob es ihr gut geht.

Sie stand auf und ging zum Ende der Regale, wo sie sich nach rechts wandte, in die Richtung, aus der das Weinen kam. Als sie bemerkte, dass es leiser wurde, blieb sie stehen. Hatte das Mädchen aufgehört zu weinen? Nein, sie konnte es noch immer hören. Aber jetzt schien es von links zu kommen.

Phoebe ging nach links, um gleich darauf festzustellen, dass sich die Geräusche, die das Mädchen machte, von ihr entfernten. Sie hätte schwören können, dass sie jetzt aus der Lesenische bei den Karten kamen. Doch als sie in der Nische ankam, fand sie diese leer vor.

Ein Schauer überlief Phoebe. Sie spürte ein Prickeln im Nacken. Lief das weinende Mädchen etwa in der Bibliothek herum? Oder war die Beschwörung am Ende doch erfolgreich gewesen? Stammten die unheimlichen Laute von einem Geist?

Es gibt keinen Grund, Angst zu haben, sagte Phoebe sich und atmete tief durch, während sie durch die Regalreihen ging. Dies ist schließlich die Bibliothek, und hier müssen noch andere Studenten und die Bibliothekare sein – sie schluckte hart –, irgendwo zumindest.

Sie erreichte das Ende einer Regalreihe und spähte vorsichtig nach rechts, überzeugt, dass das Weinen jetzt aus dieser Richtung kam.

Doch da war nichts, absolut nichts. Kaum hatte Phoebe den Kopf um die Ecke gesteckt, hörte das Weinen auf.

Hatte sie sich das alles nur eingebildet? Phoebe massierte sich die Schläfen. Vielleicht war es Zeit, Feierabend zu machen und nach Hause zu gehen. Sie war schon auf dem Weg zu dem Tisch, auf dem ihre Sachen lagen, als sie das Weinen erneut hörte.

Diesmal war es nicht nur lauter, sondern auch direkt hinter ihr. Mit hämmerndem Herzen fuhr Phoebe herum.

Das ist unmöglich, dachte sie. Ich bin mir hundertprozentig sicher gewesen, dass es diesmal hinter mir war.

Warum war dann niemand da?

Es könnte an der seltsamen Bibliotheksakustik liegen, beruhigte sich Phoebe. Eine Sinnestäuschung, ausgelöst von den hohen Bücherregalen, die jedes Geräusch zurückwarfen. Wahrscheinlich gab es sogar eine wissenschaftliche Bezeichnung dafür, die Prue bestimmt kannte.

Das muss es sein, dachte Phoebe. Vielleicht ist es nichts weiter als das Halliwell'sche Panikattackensyndrom.

Es war schlichtweg albern, so panisch auf ein Geräusch zu reagieren, für das es vermutlich eine Menge logischer Erklärungen gab. Sie hatte bis jetzt nur noch nicht die richtige gefunden.

Lautlos schlich Phoebe den Weg zurück, den sie gekommen war, wobei das Weinen wieder lauter wurde.

Okay, diesmal weiß ich, dass ich richtig gehört habe, sagte sie sich. Sie erreichte den Gang zwischen den Regalen, der zu ihrem Tisch führte, und ging daran vorbei.

Erneut brach das Weinen ab, und Phoebe stampfte enttäuscht mit dem Fuß auf.

»Ist da jemand?«, flüsterte sie leise.

Wie aufs Stichwort setzte das Weinen wieder ein, nur dass es diesmal aus allen Richtungen zu kommen schien. Phoebe war völlig davon eingehüllt. Es wurde lauter und lauter, bis es fast unerträglich war. Phoebe kämpfte gegen den Impuls an, sich die Ohren zuzuhalten.

Hör auf!, wollte sie schreien. Aber ihr hatte es die Stimme verschlagen. Panik schnürte ihr die Kehle zu. Und das nicht ohne Grund: Sie war nicht länger allein. Auch wenn ihre Stimme den Dienst versagt hatte, funktionierten Phoebes Augen noch ausgezeichnet. Und die verrieten ihr, dass sich jemand zwischen den Regalreihen aufhielt. Jemand, der geradewegs auf sie zukam.

Es war eine junge Frau – vielleicht etwas jünger als Phoebe, die angestrengt versuchte, Einzelheiten zu erkennen.

Dann wurde Phoebe mit einem Schlag bewusst, warum sie es nicht konnte: Die junge Frau hatte keinen Körper. Oder zumindest nur für kurze Augenblicke. Er flackerte, war in dem einen Moment sichtbar und im nächsten Moment schon wieder verschwunden.

Genau wie bei einem Geist, dachte Phoebe.

Offensichtlich hatte ihre Beschwörung doch funktioniert.

Die flackernde Gestalt näherte sich Phoebe, hielt dann plötzlich inne und schwebte ans Ende der Regalreihe.

Offenbar liegt es an mir, den ersten Schritt zu tun, ermunterte sich Phoebe. Schließlich habe ich sie gerufen. Das Problem war allerdings, dass man sich nur schlecht verständigen konnte, wenn es einem die Stimme verschlagen hatte.

Phoebe schloss die Augen und atmete tief durch. Es ist nur ein Geist, sagte sie sich, und ich muss mit ihr reden. Ich muss herausfinden, was sie weiß.

Als Phoebe die Augen öffnete, war die junge Frau nirgendwo zu sehen. Dann spürte sie einen eisigen Schauder. Hatte der Geist sie gerade im Vorbeischweben berührt?

Warte!, wollte sie rufen. Bitte, geh nicht. Ich will mit dir reden!

Aber genau in diesem Moment drang ein leises Stöhnen zu Phoebe. »Hüte dich«, sagte eine Stimme, »*hüte dich.*«

Okay, das reicht, entschied Phoebe. Es war Zeit, von hier zu verschwinden. Und zwar sofort!

Sie wollte losrennen, stellte aber fest, dass der Rest ihres Körpers genauso wenig funktionierte wie ihre Stimme. Sie war wie gelähmt.

Während sie noch bewegungslos dastand, lösten sich vor ihren erstaunten Augen die Bücher aus allen Regalen, flogen durch die Luft und fielen mit lautem Klatschen auf den gefliesten Boden.

Es gab nichts, was Phoebe hätte tun können, um sich zu schützen.

Sie konnte sich nicht bewegen, geschweige denn sich ducken. Voller Entsetzen verfolgte sie, wie ganze Buchreihen eine nach der anderen aus den Regalen kippten.

Das Bücherregal ihr gegenüber gab ein unwirkliches Ächzen von sich. Dann stürzte es langsam um, wobei die Bücher von den Regalbrettern purzelten.

Oh, nein, dachte Phoebe. Nein, nein, nein!

Es kam direkt auf sie zu!

5

Phoebe verfolgte entsetzt, wie das Bücherregal weiter auf sie zuschnellte. Es würde sie unter sich begraben! Und es gab absolut nichts, was sie dagegen tun konnte!

Dann spürte sie plötzlich, wie sie nach vorn schoss, als hätte ihr jemand von hinten einen Stoß gegeben. Schon im nächsten Augenblick schlug das schwere Holzregal krachend neben Phoebe auf den Boden auf.

Phoebe wollte nicht darüber nachdenken, was aus ihr geworden wäre, wenn sie noch dort gestanden hätte.

Auf Beinen, die etwas mehr zitterten, als ihr lieb war, lief Phoebe zu dem Tisch, an dem sie gearbeitet hatte, griff nach ihrer Tasche und Jacke und wandte sich dann zur Bibliothekstür.

In diesem Moment hörte sie laute Rufe und heraneilende Schritte. Das Krachen des Bücherregals hatte nicht nur die Aufmerksamkeit des Bibliothekars erregt, sondern auch die der anderen Bibliotheksbesucher.

Phoebe fühlte sich ein wenig schuldig, dass sie den Ort des Geschehens verließ, ohne den Vorfall zu erklären. Aber was hätte sie auch sagen sollen? Ich habe einen Geist beschworen, und der hat dann versucht, mich mit einem Regal zu erschlagen?

Das wäre keine gute Idee gewesen.

»Idiotin«, murmelte Phoebe zu sich selbst, als sie das Drehkreuz an der Bibliothekstür passiert hatte und die Vordertreppe hinunterrannte. »Schwachkopf.«

Was hatte sie sich nur dabei gedacht, ganz allein einen Geist zu beschwören? Sie hätte warten müssen, bis Prue und Piper ihr geholfen hätten. Schließlich ging es darum, jemanden aus dem Reich der Toten zurückzuholen. Jemand, der wahrscheinlich nicht sehr glücklich darüber war, überhaupt dort gelandet zu sein – und der mit Phoebes Beschwörung offenbar nicht einverstanden war.

Phoebe ging zu ihrem Auto auf dem Parkplatz. Als sie gerade angefangen hatte, ihre Schlüssel zu suchen, sah sie aus den Augenwinkeln einen Schatten im grauen Abendlicht vorbeihuschen. Sie zuckte zusammen. Die Schlüssel fielen scheppernd zu Boden.

Der Geist war ihr gefolgt! Er hatte sie gefunden!

Mit hämmerndem Herzen stand Phoebe da und starrte die Gestalt an; die Schlüssel waren völlig vergessen. Nach einem Moment dämmerte ihr, dass sich die Gestalt von ihr weg- und nicht auf sie zubewegte und zwischen den geparkten Autos hin und her huschte.

Hastig hob sie ihre Schlüssel auf, entriegelte die Tür und schlüpfte hinters Lenkrad. Als sie die Tür zugeworfen hatte, verriegelte sie diese von innen und versuchte, ihre Fassung zurückzugewinnen.

Nun, vielleicht war es gar kein Geist. Beim letzten Mal, als Phoebe auf diesem Parkplatz in ihren Wagen gestiegen war, hatte sie einen Zettel an der Windschutzscheibe gefunden, und sie war ziemlich sicher gewesen, dass Wendy Chang dahinter steckte.

Phoebe trommelte mit den Fingern aufs Lenkrad und dachte angestrengt nach. Hatte sie sich vielleicht auch geirrt, was den Vorfall in der Bibliothek anging? Sie hatte erwartet, einen Geist zu sehen, weil sie die Beschwörungsformel rezitiert hatte. Aber bedeutete das wirklich, dass sie auch einen gesehen hatte? Stress konnte schließlich die Wahrnehmung eines Menschen verändern.

Ist Wendy vielleicht für das umgestürzte Bücherregal verantwortlich?, fragte sich Phoebe. Was war, wenn Wendy Bretts unbeholfenen Annäherungsversuch beobachtet hatte? Was war, wenn Wendy ihren Kampf um ihre verlorene Liebe ausweitete, um dafür zu sorgen, dass Phoebe die Finger von ihm ließ? Was war, wenn sie diejenige war, die zwischen den Regalen geweint hatte?

Plötzlich bemerkte Phoebe, dass ihr der Kopf dröhnte.

Was war schlimmer?, fragte sie sich. Von einer Verrückten verfolgt oder von einem Geist heimgesucht zu werden?

Sie entschied, dass es an der Zeit war, nach Hause zu fahren, ließ den Motor an und fuhr aus der Parkbucht. Doch auf halbem Weg zur Ausfahrt nahm Phoebe eine Gestalt wahr, die sich ihr langsam, aber zielsicher durch die geparkten Autos näherte – und kurz davor stand, direkt vor Phoebes Wagen zu laufen.

Phoebe bremste und hupte. Wahrscheinlich ist es nur ein anderer Student, der zu sehr mit sich selbst beschäftigt ist, dachte sie. Schließlich war es leicht, sich in Gedanken zu verlieren. Aber die Gestalt blieb nicht stehen. Deshalb hupte Phoebe erneut.

Hallooo. Zeit zum Aufwachen und Erkennen, dass das Auto viel größer ist als du, dachte sie.

Die Gestalt schien allerdings direkt in den Wagen laufen zu wollen. Mit einem entsetzten Ausruf riss Phoebe den Fuß vom Gaspedal und trat hart auf die Bremse.

»Oh, nein! Oh, bitte, nein!«

Es war eine junge Frau, etwa im selben Alter wie jene, die Phoebe in der Bibliothek gesehen hatte. Aber dieses Mädchen flackerte nicht wie eine Glühbirne, die kurz davor war, durchzubrennen. Dieses Mädchen war nur allzu real. Ihr Gesicht sah gespenstisch aus, und ihre Haut hatte einen seltsamen, kranken Grauton. Sie trug ein hellrosa Partykleid, das am Mieder eng geschnitten und unten am Rockteil gebauscht war, wie auf Fotos, die Phoebe von Grace Kelly gesehen hatte.

Aber es war nicht der Schnitt des Kleides, der Phoebes Aufmerksamkeit auf sich zog, sondern sein Zustand. Die gesamte Brustseite war von etwas bedeckt, das wie hellrotes Blut aussah.

Von einem Moment auf den anderen riss sich Phoebe aus ihrer Erstarrung. Sie hielt den Wagen an und stieß die Tür auf. Hatte sie diese junge Frau etwa angefahren? Zwar hatte sie keinen Aufprall gespürt, aber in Krisensituationen war es ohnehin schwer zu erkennen, was wirklich passierte.

Phoebe eilte zum Kühler des Wagens, doch als sie ihn erreichte, war niemand da. Das Mädchen war verschwunden.

Phoebe kniete nieder und inspizierte die Vorderseite ihres Autos. Stoßstange, Scheinwerfer und Kühlerhaube konnten eindeutig einen Besuch in der nächsten Waschanlage vertragen, aber hierbei handelte es sich nur um den gewöhnlichen Straßenschmutz. Es war kein Blut an ihrem Wagen zu finden.

Phoebes Herzschlag beschleunigte sich, während sie zurück in ihren Wagen stieg. Sie hatte also niemanden angefahren. Aber sie war sich auch sicher, dass sie sich das Mädchen in dem blutdurchtränkten Kleid nicht bloß eingebildet hatte.

Ich muss nach Hause, dachte sie. Und unbedingt mit Prue und Piper reden.

Phoebe war jetzt überzeugt davon, dass ihre Beschwörung funktioniert und sie tatsächlich jemanden aus dem Reich der Toten zurückgerufen hatte. Das war vielleicht nicht unbedingt eine ihrer besten Ideen gewesen.

Auf der Fahrt nach Hause musste sie sich eingestehen, dass sie allmählich sogar ein sehr, *sehr* schlechtes Gefühl bei der Sache bekam.

In Halliwell Manor trug Prue einen frischen Strauß Margeriten aus der Küche, den sie in eine Vase gestellt und sorgfältig arrangiert hatte. Diese stellte sie auf den Couchtisch im Wohnzimmer und trat dann zurück, um ihr Werk zu bewundern.

Sehr gut, dachte sie. Und das Beste war, dass sie diese Blumen nicht zerrupfen musste, um die Zukunft ihres Liebeslebens vorherzusagen. Die Dinge entwickelten sich absolut hervorragend.

Sogar mehr als nur hervorragend, um genau zu sein, dachte Prue, als sie sich auf die Couch setzte und den Roman aufschlug, den sie gerade las. Seit ihrer ersten Begegnung mit Dylan – war es wirklich erst ein paar Tage her? – hatte sich Prues gesamte Einstellung zur Liebe verändert. Noch nie hatte sie so viel für einen Mann empfunden, noch nie war sie sich so sicher gewesen, dass alles gut werden würde.

Sie hatte bisher noch keine Gelegenheit gehabt, Piper oder Phoebe von ihm zu erzählen. Heute war sie extra früher nach Hause gekommen, in der Hoffnung, ihre Schwestern anzutreffen. Sie mussten jeden Moment da sein.

In diesem Augenblick hörte Prue, wie ein Auto vorfuhr und dann eine Wagentür ins Schloss fiel. Sie sprang von der Couch auf, ihr Buch war vergessen. Eine ihrer Schwestern war gekommen. Jetzt konnte sie endlich ihre wundervolle Neuigkeit mit jemandem teilen.

Als sie die Tür erreichte, hörte sie ein zweites Auto vorfahren. Ausgezeichnet, dachte Prue. Dann kann ich es beiden gleichzeitig erzählen.

»Endlich!«, rief Prue, als sie die Haustür aufriss, vor der eine verdutzte Phoebe stand. Piper stand direkt hinter ihr. »Ich dachte schon, ihr würdet nie mehr kommen.«

Phoebe starrte Piper an. »Haben wir irgendeine Verabredung vergessen?«

»Wen kümmert's?«, erwiderte Piper, wobei sie lächerlich glücklich klang. »He, Leute, ich habe eine wundervolle Neuigkeit«, fügte sie dann hinzu.

»Kann das nicht warten?«, unterbrach Phoebe, als sie durch die Tür schoss. »Ich brauche Hilfe. Wir müssen reden.«

»Aber ich muss euch beiden *meine* Neuigkeit erzählen«, sagte Prue, als sie Phoebe und Piper hinterhertrottete. Sie folgte ihnen ins Wohnzimmer, wobei alle drei Schwestern gleichzeitig redeten.

»Okay, einen Moment. Hört auf!«, rief Prue. »Offensichtlich hat jede von uns eine wichtige Neuigkeit, die sie unbedingt loswerden will«, fuhr sie etwas leiser fort. »Wenn wir nicht nacheinander reden, werden wir nie zum Ende kommen. Wir sollten der Reihe nach vorgehen. Und da ich die Älteste bin, fange ich an.«

Phoebe verdrehte die Augen. »Ich wusste, dass ich wieder die Letzte sein würde«, murmelte sie. Sie ergriff Pipers Arm und zog sie zur Couch. Dann drückte sie ihre Schwester aufs Sofa, setzte sich neben sie und faltete ihre Hände im Schoß wie ein wohlerzogenes Schulmädchen.

»In Ordnung, Miss Halliwell. Wir sind jetzt bereit«, sagte sie. »Obwohl ich noch immer denke, dass meine Neuigkeit zuerst drankommen sollte, da sie die wichtigste ist.«

»Nichts kann wichtiger sein als das, was ich zu sagen habe, beharrte Prue und legte eine dramatische Pause ein. »Ich habe den wundervollsten Mann kennen gelernt, den man sich vorstellen kann, und ich glaube, ich bin in ihn verliebt!«

»Das ist toll!«, sagte Phoebe sofort. Dann huschte ein verwirrter Ausdruck über ihr Gesicht. »Moment mal«, fügte sie hinzu. »Wann ist denn all das passiert?«

Prue öffnete den Mund, um zu antworten, doch sie wurde von Piper unterbrochen. »Aber das ist genau das, was *ich* sagen wollte!«, erklärte sie. »Ich bin nämlich auch verliebt! Wenn das kein unglaubliches Timing ist!«

»Okay, ihr beide solltet euch jetzt wirklich beruhigen«, warf Phoebe ein. »Zwei Schwestern, die sich zur gleichen Zeit verliebt haben? Ihr habt nicht zufälligerweise mit Liebestränken experimentiert, oder?«

»Natürlich nicht«, sagte Prue sofort. »Wir dürfen die Zauberformeln im *Buch der Schatten* nicht zu unserem persönlichen Vorteil nutzen, Phoebe. Das weißt du doch genauso gut wie ich.«

»Okay, raus mit der Sprache«, befahl Phoebe. »Das übliche Zeug zuerst. Wer? Wie? Wann? Wo?«

»Bei einer der Morgenauktionen bei Buckland's«, erwiderte Prue, womit sie die letzte Frage zuerst beantwortete. »Ich glaube, es war erst Anfang dieser Woche, obwohl ich das Gefühl habe, dass wir uns praktisch schon ewig kennen. Noch nie habe ich mich einem Mann so schnell so nahe gefühlt. Es ist absolut erstaunlich!«

»Ich weiß genau, was du meinst«, warf Piper ein. »Ich fühle genauso bei Dylan.«

Prue fiel die Kinnlade nach unten. Sie spürte, wie eine Hitzewelle durch ihre Adern lief.

»Was hast du gerade gesagt?«, fragte sie Piper.

»Genau dasselbe Gefühl habe ich bei dem Mann, den ich kennen gelernt habe«, erklärte Piper. »Sein Name ist Dylan – Dylan Thomas und seine Band, *Dylan and the Good Nights*, treten in meinem Club auf. Ist das nicht ein toller Name für die Band? Zuerst hielt ich Dylans Namen für einen Scherz, bis er mir erklärt hat, dass seine Mutter ...«

»... eine Englischlehrerin war, die ihre Flitterwochen in Wales verbrachte«, beendete Prue den Satz für sie.

»Oh, oh«, murmelte Phoebe. »Hier ist Ärger im Anmarsch.«

»Das stimmt«, sagte Piper erstaunt. »Aber woher weißt du das mit Dylans Mutter?«

»Weil *ich* in Dylan verliebt bin!« Prue schrie es fast.

»Okay, Auszeit«, sagte Phoebe und sprang hastig auf. »Ihr beide habt eure Neuigkeiten erzählt, und jetzt bin ich an der Reihe. Anschließend könnt ihr euch entscheiden, wer den Märchenprinzen zuerst kennen gelernt hat. Ich werde sogar die Glocke zur ersten Runde läuten.«

Prue spürte, wie eine weitere Hitzewelle sie durchfuhr. Dies war vielleicht die wichtigste Beziehung ihres Lebens, und Phoebe machte Witze darüber!

»Mir gefällt deine Bemerkung nicht, Phoebe«, sagte sie steif. »Nach allem, was ich in den letzten Jahren für dich getan habe, könntest du mich wenigstens jetzt unterstützen.«

»He, einen Moment«, protestierte Piper. »Ich habe ihr genauso viel geholfen wie du.«

»Nein, hast du nicht«, schoss Prue sofort zurück. »Ich bin nämlich die Älteste.«

»Was hat das denn damit zu tun?«, fragte Piper und sprang ebenfalls auf. »Du versuchst doch nur, das Thema zu wechseln. Aber das wird nicht funktionieren. Tatsache ist, dass ich Dylan zuerst kennen gelernt habe.«

Phoebe sank zurück auf die Couch und barg ihren Kopf in den Händen. »Leute, wirklich, ich kann so was jetzt echt nicht gebrauchen.«

»*Wann* hast du ihn kennen gelernt?«, fragte Prue und baute sich drohend vor Piper auf. Sie konnte spüren, wie das Blut durch ihre Adern rauschte. Es fühlte sich an, als würde es kochen.

Was ist bloß los mit mir?, fragte sich Prue durch den Nebel ihres Zornes. Ich kann mich nicht erinnern, jemals so wütend auf Piper gewesen zu sein. Vielleicht sollte ich versuchen, mich zu beruhigen, und alles logisch zu überdenken.

Aber jedes Mal, wenn Prue an Dylan dachte und sich vorstellte, wie er mit Piper zusammen war, konnte sie es einfach nicht ertragen. Es gab für sie keine Möglichkeit, dieser Situation mit Logik beizukommen.

Das ist nur ein Zeichen dafür, wie wichtig mir die Beziehung zu Dylan ist, entschied sie. Und außerdem der beste Beweis dafür, dass er *mein* Mr. Richtig ist. Keine Rivalin würde ihr Dylan wegnehmen, selbst wenn diese Rivalin zufällig Piper hieß.

»Ich habe Dylan im Club kennen gelernt«, sagte Piper, wobei sie jedes Wort sorgfältig artikulierte. »Und zwar am Dienstagnachmittag.«

»Zu spät!«, erklärte Prue triumphierend. »*Ich* habe ihn am Dienstagmorgen bei der Auktion kennen gelernt.«

»Schön und gut, aber ich habe zuerst mit ihm *geredet*«, konterte Piper. »Er rief mich in der Woche davor an, um *Dylan and the Good Nights* für den Club anzumelden. Das bedeutet, dass ich den ersten Kontakt hatte.«

»Das zählt nicht«, sagte Prue sofort. »Ich habe ihn zuerst *gesehen*.«

»Das zählt erst recht nicht«, schoss Piper zurück.

»Würdet ihr bitte beide aufhören?«, schrie Phoebe. »Hört endlich auf!«

Schlagartig herrschte Schweigen im Wohnzimmer der Halliwells.

»Ehrlich«, fuhr Phoebe fort, »ihr beide solltet euch mal selbst zuhören. Anstatt wie zwei erwachsene Frauen, die über eine Beziehung reden, klingt ihr wie zwei Fünfjährige, die sich Heiligabend um ein Spielzeug streiten.«

»Von wegen«, meinte Prue eingeschnappt.

»Ja, genau«, schnaubte Piper.

»HÖRT ENDLICH AUF!«, brüllte Phoebe erneut. »Was ist los mit euch beiden? Ich bin in eine Lage geraten, in der ich wirklich Hilfe brauche. Ihr beide müsst eure persönlichen Probleme für einen Moment vergessen.«

Prue musterte Piper ein paar Sekunden lang. »Das kann ich, wenn du es kannst«, sagte sie schließlich herausfordernd.

»Ich kann alles, was du kannst«, versicherte Piper.

»Okay, schön«, warf Phoebe ein, bevor sich ein neuer Streit entwickeln konnte. Sie legte Prue die Hände auf die Schultern und drückte sie auf das eine Ende der Couch. Dann positionierte sie Piper am anderen Ende.

»Also, ihr werdet jetzt eine Minute stillsitzen und mir zuhören«, verlangte sie.

Mit knappen Worten berichtete Phoebe von ihrem Collegeprojekt und von dem, was in der Bibliothek und auf dem Parkplatz passiert war.

»Was hast du dir dabei gedacht?«, fragte Prue, als sie geendet hatte. »Du hast versucht, die Toten zu beschwören, ohne uns vorher Bescheid zu geben? Du weißt, dass man mit Magie dieser Art nicht leichtfertig umgehen darf.«

Piper nickte. »Ich sage es nur ungern, Phoebe, aber das ist mal wieder typisch für dich.«

»Ich bin damit *nicht* leichtfertig umgegangen. Und ich habe bereits zugegeben, dass ich einen Fehler gemacht habe«, entgegnete Phoebe scharf. »Deshalb wende ich mich auch *jetzt* an euch und bitte um eure *Hilfe*.«

»Okay«, sagte Prue. »Was sollen wir deiner Meinung nach tun?«

»Ich denke, wir sollten einen Gegenzauber durchführen, um mich vor dem zu beschützen, was ich heraufbeschworen habe«, erklärte Phoebe. »Und um es dorthin zurückzuschicken, wo es hergekommen ist. Dann möchte ich, dass wir zusammenarbeiten, um diese Halloween-Morde aufzuklären. Ich bin sicher, dass mehr dahinter steckt, als es scheint.«

»In Ordnung«, sagte Prue und stand auf. »Bringen wir es hinter uns.«

»Vielen Dank für deine begeisterte Unterstützung!«, rief Phoebe sarkastisch.

»He«, erwiderte Prue, während neuer Zorn in ihr aufstieg. »Ich bin nicht diejenige, die alles vermasselt hat.«

»Oh, komm schon, Prue. Sei ein wenig nachsichtig mit ihr«, warf Piper ein.

Prue stach mit einem Finger nach Piper. »Glaub ja nicht, dass du mich täuschen kannst«, warnte sie. »Ich weiß, was du vorhast. Du hast an allem, was ich sage, etwas auszusetzen, nur weil du *weißt*, dass ich die Erste war, die Dylan kennen gelernt hat.«

»Oh, werd erwachsen!«, fauchte Piper. »Es spielt keine Rolle, wer ihn zuerst kennen gelernt hat.«

Spielt es doch, dachte Prue wütend, aber sie entschied, sich nicht länger auf Pipers unreifes Niveau einzulassen. »Ich gehe nach oben, um im *Buch der Schatten* nach einem Gegenzauber zu suchen«, sagte sie mit kühler, würdevoller Stimme. »*Ich* will Phoebe nämlich helfen. Sie soll sich wenigstens auf eine ihrer Schwestern verlassen können.«

Piper sprang mit wütendem Gesicht auf. »Was soll das heißen?«

»Wenn du da nicht von alleine drauf kommst, werde ich es dir bestimmt nicht erklären«, sagte Prue mit grimmiger Befriedigung in der Stimme.

Nach diesen Worten wandte sie sich ab und ging die Treppe hinauf. Den ganzen Weg nach oben zum Dachboden hatte sie das sichere Gefühl, dass Dylan bei ihr war und befürwortete, was sie getan hatte.

Wenn es um die Liebe ging, kämpfte schließlich jede Hexe für sich allein.

Doch bei jedem Schritt, den sie machte, fragte sich Prue, warum sie diesmal nicht wie sonst Dylans Gesicht sah, sondern schwören konnte, dass sie sein Gelächter hörte.

»Okay«, sagte Phoebe fünfzehn Minuten später, während sie auf eine Seite im *Buch der Schatten* starrte, die mit spinnenhaft feiner Handschrift voll geschrieben war. »Dies ist nicht direkt ein Gegenzauber, aber er soll angeblich ›Phantasmen‹ bannen. Ich schätze, es wird funktionieren. Das einzige Problem ist, dass wir ein paar Zutaten besorgen müssen, bevor wir den Zauber durchführen können.«

»Was für Zutaten?«, fragte Prue, die auf der anderen Seite des Raumes stand und aus dem Fenster sah.

Phoebe schauderte. »›Erde von einem Witwengrab, bei Vollmond gesammelt‹«, las sie laut vor.

»Großartig«, sagte Piper. »Außerdem war gestern Nacht Vollmond. Du wirst einige Zeit warten müssen.«

Ich glaube nicht, dass ich warten kann«, widersprach Phoebe nervös. »Vielleicht können wir bei dieser Sache ein wenig improvisieren. Aber da ist noch etwas anderes, was wir brauchen: ›Ein Zeichen von einem, der das Herz betört.‹«

»*Das* ist kein Problem«, erklärte Prue leichthin. »Ich habe bereits ein Zeichen von Dylan bekommen.«

»Und was für eins?«, fragte Piper.

Prues eisblaue Augen glitzerten. »Er hat mir einen Zettel geschrieben, um mich zu fragen, ob ich mit ihm ausgehe.«

»Na, den würde ich nur zu gern sehen«, schnaubte Piper.

»Hört auf!«, schrie Phoebe, wobei sie sich die Stirn rieb und um ihre Selbstbeherrschung kämpfte. »Wollt ihr mir nun helfen – oder euch lieber um irgendeinen Kerl streiten?«

»Ich werde Dylans Zettel holen«, verkündete Prue und wandte sich zur Dachkammertür.

»Und *falls* sie wirklich einen bekommen hat«, murmelte Piper, als sie ihr folgte, »werde ich ihn zerreißen.«

»Oh, vielen Dank euch beiden«, rief Phoebe ihnen hinterher. »Das war sehr hilfreich.«

Sie sah ihren Schwestern mit verwirrtem Gesicht nach. Was geht in diesem Haus nur vor?, fragte sie sich. Und wie soll ich mit dem Geist fertig werden, der mich verfolgt?

Spät in dieser Nacht saß Phoebe in einem der Übungsräume auf dem Unigelände und arbeitete an dem Projekt, das ihr zusätzliche Punkte einbringen sollte. Sie hatte das Haus eigentlich nicht verlassen wollen, um auf dem Collegegelände eine nächtliche Sitzung abzuhalten, aber schließlich hatte sie es nicht mehr ertragen können, sich in Halliwell Manor Prues und Pipers ständige Streitereien anzuhören.

Phoebe war es noch immer ein Rätsel, wieso sich ihre Schwestern so seltsam benahmen. Konnte irgendein Mann wirklich so toll sein? Oder so wichtig?

»Hi, Phoebe«, riss sie plötzlich jemand aus den Gedanken.

Phoebe blickte auf und sah Brett Weir neben sich stehen. Großartig, dachte Phoebe. Noch mehr potenzieller Ärger. Aber vielleicht hatte Brett nach der Episode in der Bibliothek auch seine Lektion gelernt. Er schien etwas unsicher zu sein.

»Hi«, sagte Phoebe und entschied, Erbarmen mit ihm zu haben.

»So spät noch bei der Arbeit?«, fragte Brett.

»Kam mir am sinnvollsten vor«, erwiderte sie. »Willst du mir helfen?«

Sofort hellte sich Bretts Miene auf. Er zog einen Stuhl heran und setzte sich zu ihr. »Ich bin überrascht, dich hier zu sehen«, gestand er.

»Und wieso?«, wollte Phoebe wissen.

Brett rückte mit seinem Stuhl ein Stück näher, und Phoebe konnte hören, wie in ihrem Hinterkopf die Warnglocken losgingen.

»Na, du weißt schon«, sagte Brett. »Ich dachte, eine gut aussehende Frau wie du hätte wahrscheinlich ein Date oder so.«

Genau, und zwar jeden Abend in der Woche, dachte Phoebe. Was stimmt mit diesem Kerl nicht?, fragte sie sich.

Kapiert er denn gar nichts? Entweder ist er unglaublich hartnäckig oder unglaublich dumm.

Offenbar musste Phoebe zu wesentlich drastischeren Maßnahmen greifen.

»Um ehrlich zu sein«, log sie, »ich bin mit jemandem zusammen.«

Diese Information schien Brett nicht im Mindesten zu irritieren. Stattdessen rückte er noch ein Stück näher.

Okay, das reicht!, entschied Phoebe. Abrupt stand sie auf und sammelte ihre Unterlagen zusammen, ohne sich die Mühe zu machen, ihre Verärgerung zu verbergen. Der gesamte Abend war von Anfang bis Ende ein Desaster gewesen. Und Brett Weir war eindeutig keine Hilfe.

Zu Phoebes Bestürzung stand Brett ebenfalls auf. Dann schob er ihren Stuhl beiseite und machte einen Schritt auf sie zu, sodass Phoebe sich nicht mehr bewegen konnte. Sie war zwischen Brett und dem Arbeitstisch gefangen. Die Tischkante drückte gegen die Rückseite ihrer Oberschenkel.

»Ich wette, ich kann dich dazu bringen, den Kerl zu vergessen, mit dem du zusammen bist«, murmelte Brett. »Das würde ich wirklich gern tun, Phoebe.«

Da täuschst du dich aber gewaltig, dachte Phoebe, während Brett noch näher kam und sich an sie drückte. Phoebe spürte, wie sich ein Hauch von Angst in ihre Verärgerung mischte.

Das alles war mehr als nur ärgerlich. Es kam einer sexuellen Belästigung nahe.

»Ich will dir wirklich nicht wehtun, Brett«, sagte sie. »Aber wenn du nicht sofort zurücktrittst ...«

Brett gab ein raues Lachen von sich und legte seinen Arme um sie.

»Oh, komm schon, Phoebe«, sagte er. »Du musst nicht so tun, als würdest du dich zieren. Du willst dich doch gar nicht gegen mich wehren. Mädchen mögen Jungs, die die Kontrolle übernehmen. Bei Wendy war es jedenfalls so.«

Ja, genau, dachte Phoebe. Und wohin hat es sie gebracht?

»Hier hast du etwas zum Kontrollieren«, sagte sie laut und riss ihr Knie mit aller Kraft nach oben.

Irgendeine Veränderung in ihrem Gesichtsausdruck musste Brett gewarnt haben. In letzter Sekunde wich er zurück. Statt den empfindlicheren Teil seiner Anatomie, der ihr eigentliches Ziel gewesen war, traf Phoebes Knie nur die Innenseite seines Beines.

Bretts Gesicht verdüsterte sich. »Warum hast du das getan?«, fragte er mit gepresster, wütender Stimme. »Ich wollte doch nur einen kleinen Kuss von dir haben.«

»Vielleicht hättest du dann vorher fragen sollen, statt zu versuchen, ihn dir einfach zu nehmen«, sagte Phoebe ebenso wütend wie er. Und mit dem hatte sie auch noch Mitleid gehabt!

Wenn ihre Schwestern genauso viel Glück mit Männern hatten, dann war es am besten, sofort nach Hause zu fahren und ihnen zu empfehlen, Mr. Richtig fallen zu lassen, da er wahrscheinlich ein Hexer oder etwas in der Art war.

»Ich sage dir das jetzt nur noch dieses eine Mal, Brett«, erklärte Phoebe. »Also pass gut auf, denn du scheinst Schwierigkeiten zu haben, das Grundkonzept zu verstehen.« Sie trat auf ihn zu und stach ihm mit dem Finger in die Brust, um ihre Worte zu unterstreichen. »Ich – bin – nicht – interessiert. Wenn du nicht damit klarkommst, dann such dir ein anderes Projekt und einen anderen Partner.«

Ohne ein weiteres Wort drängte sich Brett an ihr vorbei, marschierte davon und ließ sie allein im Übungsraum zurück. Phoebe setzte sich wieder auf ihren Stuhl und barg ihren Kopf in den Händen.

Was ist heute nur mit der Welt los?, fragte sie sich. Hat es irgendeine seltsame und unnatürliche kosmische Konvergenz gegeben, die mir auf meiner Sternenkarte nicht aufgefallen ist?

Dieser Tag war einer der schlimmsten gewesen, an die sich Phoebe erinnern konnte, und das, obwohl sie zugeben musste, dass sie schon einiges Unheimliches erlebt hatte.

Das einzig Gute an der Sache war, dass der Tag fast vorbei war. Viel konnte also nicht mehr passieren. Sie beschloss, dass es Zeit war, nach Hause zu gehen.

Doch als sie den Kopf hob, verschlug es ihr den Atem.

Vor ihr schwebte eine junge Frau in einem hellrosa Partykleid in der Luft. Die Vorderseite ihres Kleides war mit Blut bedeckt.

Phoebe wusste, dass sie sich in Gegenwart eines der Geister der Halloween-Morde befand.

6

Das Gespenst verharrte in der Luft vor Phoebe. Das helle Rosa des Kleides bildete einen herben Kontrast zu dem roten Blut, das es befleckte.

Phoebe glaubte zu sehen, wie sich die Lippen der jungen Frau bewegten, als ob sie zu sprechen versuchte. Aber wenn dem so war, konnte Phoebe sie nicht hören. Das einzige Geräusch, das sie wahrnahm, war das laute Rauschen des Blutes in ihren Ohren. Zusätzlich versteifte sich jeder Muskel in ihrem Körper vor Entsetzen. Würde sie wieder zur Bewegungslosigkeit verdammt sein, wie es schon einmal in der Bibliothek geschehen war?

Da ließ sich der Geist plötzlich nach unten sinken, bis Phoebe den Eindruck hatte, dass die junge Frau auf dem Boden saß. Ihr rosa Rock bauschte sich um sie, und sie barg den Kopf in ihren Händen. Ihre Schultern zuckten, als würde sie unkontrolliert schluchzen. Bei diesem Anblick spürte Phoebe, wie ein Teil ihrer lähmenden Furcht von ihr abfiel.

Offensichtlich wollte der Geist ihr nichts tun, sondern schien selbst unter schrecklichen Qualen zu leiden.

Vielleicht kann ich ihr helfen, schoss es Phoebe durch den Kopf. Vielleicht ist das der Grund, warum sie mir ständig erscheint.

Phoebe räusperte sich und stellte überrascht fest, dass ihre Stimmbänder funktionierten.

»Wer bist du?«, fragte sie. Selbst in ihren Ohren klang ihre Stimme zittrig und dünn.

Als sie Phoebe sprechen hörte, hob die Geisterfrau den Kopf. Ihre Lippen öffneten sich, und Phoebe spürte, wie ihr Herz vor Aufregung schneller schlug.

»Char ... Charlotte«, sagte das Mädchen in Rosa. Ihre Stimme klang matt, so als kostete es sie unglaubliche Anstrengung zu sprechen.

»Charlotte Logan? Betty Warrens beste Freundin?«, fragte Phoebe. Das Mädchen nickte. »Kannst du ... willst du mir etwas sagen?«

Wieder nickte Charlotte Logan.

Phoebes Herz hämmerte so laut, dass sie glaubte, es stünde kurz davor, in ihrer Brust zu explodieren. In wenigen Augenblicken würde sie vielleicht die Wahrheit über die Halloween-Morde erfahren.

»Und was willst du mir sagen?«, fragte Phoebe. »Willst du mir erzählen, was wirklich in der Nacht passiert ist, in der du ermordet wurdest?«

Charlottes Gesicht verzerrte sich, als würde sie von unkontrollierbarem Kummer überwältigt.

»Betty«, schluchzte sie und vergrub ihr Gesicht in den Hän den.

»Was ist mit Betty?«, drängte Phoebe.

»Sie war meine Freundin.«

»Ich weiß«, entgegnete Phoebe. »Sie war deine beste Freundin, nicht wahr?«

Die Schultern des Geistes bebten unter einem weiteren Schluchzer.

»Aber Ronald Galvez hast du nicht gemocht?«

Der Geist blickte mit tränenüberströmtem Gesicht auf. »Ich habe nicht gewollt, dass es auf diese Weise endet«, sagte sie mit zitternder Stimme.

»Das glaube ich dir.« Der letzte Rest von Phoebes Angst verschwand, während sich Mitleid in ihr ausbreitete. Der Geist von Charlotte war von Kummer erfüllt, und das wahrscheinlich schon seit vierzig Jahren.

»Willst du mir erzählen, was in jener Nacht passiert ist?«, fragte Phoebe. »Hat Ronald Galvez wirklich die Morde begangen? Hat er dich und Betty getötet?«

Erneut barg Charlotte ihren Kopf in den Händen. »Nein.«

»Nein?« Phoebe spürte, wie ihr Puls vor Aufregung hüpfte. Ihre Intuition war richtig gewesen. Ronald Galvez war unschuldig! Aber sie brauchte Beweise. »Charlotte«, sagte sie sanft. »Wenn Ronald nicht der Mörder war, wer war es dann?«

Die junge Frau hob den Kopf und rieb an einem Blutfleck auf ihrem Kleid. Einen Moment lang schien sie völlig damit beschäftigt zu sein, dann sagte sie: »Der Mann mit der Maske.«

»Welcher Mann mit welcher Maske?«

»Das weiß ich nicht.« Der Geist klang kläglich und verloren.

»War außer dir, Betty und Ronald noch jemand in diesem Zimmer?«

»Du hast die Macht. Du musst es sehen«, antwortete Charlotte. Dann wurde ihr Körper immer durchsichtiger und begann zu flackern, als würden ihr alle Kräfte entzogen.

»Charlotte, warte«, bat Phoebe. »Du hast mir noch nicht gesagt ...«

Aber der Geist war fort.

Phoebe sank auf ihren Stuhl zurück, erschöpft und noch verwirrter als zuvor. Wer war der Mann mit der Maske? Wenn man bedachte, dass die Morde auf einer Halloween-Party geschehen waren, dann hatte es wahrscheinlich eine Menge Männer mit Masken gegeben. Und das engte den Kreis der Verdächtigen nicht sonderlich ein.

Und was hatte Charlottes letzte Bemerkung zu bedeuten – Phoebe musste es sehen? Werde ich vielleicht eine weitere Vision haben?, fragte sich Phoebe.

Nur eines war absolut klar. Ronald Galvez hatte Betty und Charlotte nicht ermordet – jemand anders war der Täter ... Und es war Phoebes Aufgabe, den Täter zu finden. Wenn es eine Chance gab, die Wahrheit über die Halloween-Morde aufzudecken, würde Phoebe sie ergreifen. Vor allem, wenn sie dafür eine ausgezeichnete Note bekam.

Ich werde die Sache durchziehen, entschied Piper. Und das Problem ein für alle Mal klären.

Es war halb elf am nächsten Morgen, und Piper wusste, dass Prue um diese Zeit normalerweise ihr Büro verließ, um einen Kaffee trinken zu gehen. Sie selbst war mit ihrem Auto gerade unterwegs zu Buckland's. In der Nacht hatte sie nicht viel Schlaf gefunden, sondern abwechselnd von Dylan geträumt und über ihren Streit mit Prue nachgedacht. Die Folge war, dass sie an diesem Morgen nicht gerade behaupten konnte, in Höchstform zu sein.

Doch trotz allem hatte Piper bei ihrer zweiten Tasse Morgenkaffee eine wichtige Entscheidung getroffen. Sie würde sich bei Prue für ihr Verhalten am Abend entschuldigen. Im klaren Morgenlicht des neuen Tages konnte Piper kaum glauben, dass sie sich mit ihrer älteren Schwester so vehement um einen Kerl gestritten hatte, den sie beide gerade erst kennen gelernt hatten. Es sah ihnen überhaupt nicht ähnlich.

Ich schätze, die Tatsache, dass ich auch an Dylan interessiert bin, hat bei Prue einen wunden Punkt berührt, entschied Piper, während sie auf der Suche nach einem Parkplatz um den Block fuhr. Vor allem, da Prue erst vor kurzem mit Hilfe von Margeriten in die Zukunft ihres Liebeslebens geschaut hatte.

Endlich fand Piper einen geeigneten Parkplatz, setzte den Blinker und parkte vorsichtig ein.

Selbst ein totaler Idiot hätte merken müssen, dass Prue Unterstützung brauchte. Hatte sie ihr die gegeben? Wohl kaum. Wenn sie überhaupt etwas getan hatte, dann höchstens das Gegenteil, indem sie ihre eigenen Ansprüche angemeldet und stur verteidigt hatte. Wenn sie ehrlich war, hatte sie sich mit Prue um Dylan gestritten, als wären sie Kinder, die mit demselben Spielzeug spielen wollten.

Als sie die Lobby von Buckland's betrat, lächelte Piper, überzeugt, dass sie und Prue über ihr seltsames Benehmen lauthals lachen würden. Zuvor würde sie ihr jedoch sagen, dass es ihr Leid tat, wie sie sich aufgeführt hatte. Dann würde sich Prue entschuldigen und schließlich würden sie einen Capuccino mit viel Milch und Schlagsahne trinken gehen.

Und danach, dachte Piper, während sie nach kurzem

Anklopfen durch Prues Tür eilte, sollten wir besser herausfinden, was Phoebe belastet.

»Piper!«

Prue saß hinter ihrem Schreibtisch und hatte einen riesigen Berg Papiere vor sich. Er war so hoch, dass Piper kaum Prues Augen sehen konnte, die sie über die Spitze hinweg ansahen.

»Du liebe Zeit!«, entfuhr es Piper.

Prue verdrehte die Augen. »Wem sagst du das. Das ist der Papierkram für die Auktion, die Anfang nächsten Monats stattfinden soll. Ich werde bis dahin praktisch jede Sekunde arbeiten müssen, um alles zu erledigen.«

»Dann werde ich dich nicht lange stören«, versprach Piper. »Wirklich, Prue, ich bin eigentlich nur gekommen, um mit dir über gestern Abend zu reden.«

Ein wachsamer Ausdruck trat in Prues Augen über dem Papierstapel. »Was ist mit gestern Abend?«, fragte sie.

»Du weißt schon – wegen Dylan.« Piper verstummte. Warum fiel ihr dies mit einem Mal so schwer? Während der Fahrt hatte sie ganz genau gewusst, was sie sagen wollte. Aber bei der Erwähnung von Dylans Namen spürte Piper, wie eine Hitzewelle ihren ganzen Körper durchlief. Plötzlich war sie wieder wütend auf Prue.

Warum soll ich diejenige sein, die sich entschuldigt?, fragte sich Piper. Schließlich war ich es, die Dylan zuerst kennen gelernt hat. Das gibt mir Vorrechte, ganz gleich, was Prue sagt.

»Was ist mit Dylan?«, fragte Prue mit eindeutig misstrauisch klingender Stimme.

Piper spürte, wie ihre Körpertemperatur um ein paar Grad anstieg. Sie konnte es nicht einmal ertragen, dass Prue Dylans Namen in den Mund nahm. Von Jähzorn überrollt, rauschte Piper zu Prue und wischte den Papierstapel von ihrem Schreibtisch.

»Halt dich fern von ihm«, sagte sie drohend. »Ich meine es ernst, Prue. Er gehört mir. Wenn du weißt, was gut für dich ist, kommst du mir nicht in die Quere.«

Prue stand auf. Ihre blauen Augen glitzerten. »Bilde dir bloß nicht ein, dass du mir Angst machen kannst, Piper – und denk nicht eine Sekunde, dass ich verzichten werde. Dylan ist *mein* Traummann, und ich kann es beweisen.«

»Oh, sicher«, höhnte Piper. Aber selbst durch die Hitze ihres Zornes spürte sie, wie kalte Angst ihr Herz umklammerte. Prue konnte nicht wirklich beweisen, dass Dylan ihr gehörte, oder? Dieser Zettel, den Dylan geschrieben hatte, bewies gar nichts.

Piper verschränkte die Arme und funkelte ihre Schwester an. »Du versuchst nur, mir Angst zu machen.«

Prue lehnte sich mit einem zufriedenen Gesichtsausdruck zurück. »Und es funktioniert, nicht wahr?«, fragte sie zuckersüß.

Piper verspürte den plötzlichen Drang, irgendetwas – vorzugsweise Prue – aus dem nächsten Fenster zu werfen.

»Okay, wie?«, fragte sie herausfordernd. »Wie willst du beweisen, dass Dylan dich mehr will als mich?«

»Er hat mich zu dem Konzert am Samstagabend eingeladen«, erklärte Prue in triumphierendem Ton.

Piper spürte, wie sich ihr Magen zusammenzog. »Morgen Abend? Das ist *mein* Konzert«, protestierte sie. »Das im P3.«

Ein Ausdruck, den Piper nur als selbstgefällig beschreiben konnte, huschte über Prues Gesicht. »Genau. Und er hat nicht dich eingeladen. Sondern mich.«

»Er muss mich nicht extra einladen, Prue«, informierte Piper ihre Schwester gelassen. »Es ist mein Club.«

Prues Gesichtsausdruck wurde ungeduldig. »Das spielt überhaupt keine Rolle!«, rief sie. »Samstagabend werden du, Dylan und ich zur selben Zeit am selben Ort sein. Er wird sich zwischen uns entscheiden müssen. Und du solltest dich besser auf die Tatsache vorbereiten, dass er sich für mich entscheiden wird.«

»Da irrst du dich gewaltig«, sagte Piper mitleidig. »Es tut mir wirklich Leid für dich, Prue. Es wird ein ziemlicher Schock für dich sein, wenn Dylan sich für mich entscheidet.«

Mit diesen Worten marschierte sie hoch erhobenen Kopfes zur Tür.

Aber in Pipers Magengegend hatte sich ein kalter Klumpen gebildet. Sie hasste es, dass sie gezwungen sein würden, sich in aller Öffentlichkeit, mitten in ihrem Club, zu streiten. Aber sie wusste, dass sie Prue nicht zeigen durfte, wie sie fühlte. Das wäre gleichbedeutend mit einer Kapitulation.

»Ich hoffe, du magst Krähe, Prue«, sagte sie mit einer Hand an der Türklinke. »Denn du wirst am Samstag eine Menge davon essen. Ich werde meinem Koch sagen, er soll eine Spezialsoße nur für dich zubereiten.«

»Schieb's dir irgendwo rein, Piper«, sagte Prue.

Piper lächelte. »Ganz wie du meinst.«

Dann rauschte sie aus der Tür, bevor Prue noch ein weiteres Wort sagen konnte.

Nun, dachte Piper auf dem Rückweg zu ihrem Wagen, das war nicht gerade so gelaufen, wie sie es geplant hatte, aber immerhin hatte sie das letzte Wort. Und bei Prue war das gar nicht so einfach.

Nicht nur das, bis Samstag war noch eine Menge Zeit. Zeit, die sie zu ihrem Vorteil nutzen konnte, wenn sie ihre Karten richtig ausspielte. Schließlich würden *Dylan and the Good Nights* heute Nacht noch im P3 proben. So konnte Piper noch etwas Zeit mit Dylan verbringen.

Piper lächelte, als sie die Parkuhr mit Vierteldollarstücken fütterte. Es war Zeit, die Karten ein wenig zu ihren Gunsten zu zinken, entschied sie. Wenn es stimmte, dass in der Liebe und im Krieg alles erlaubt war, dann stimmte es auch, dass einen Feind nichts so sehr entmutigen konnte wie ein erfolgreicher Einkaufsbummel.

Piper machte sich auf den Weg zu ihrer Lieblingsboutique, die praktischerweise gleich um die Ecke von Buckland's lag.

Wenn Prue dachte, dass Piper nachgeben würde, nur weil sie sonst die nette Schwester war, dann hatte sie sich gewaltig getäuscht.

Phoebe machte sich eine Schüssel Cornflakes und überflog mit müden Augen die Morgenzeitung. Sie hatte heute lange geschlafen, aber sie sagte sich, dass sie das nach der Begegnung mit dem Geist am gestrigen Abend verdient hatte.

Plötzlich fiel ihr Blick auf die Schlagzeile am unteren Ende der Titelseite: »Halloween-Spuk früher dieses Jahr? Gerüchte über Geister am Gemeinde-College.«

»Geister?«, murmelte Phoebe vor sich hin. »Etwa Charlotte, Betty und Ronald?«

»Es ist die Wahrheit, kein Gerücht. Wir sind dort letzte Nacht gewesen. In Thayer Hall.«

Phoebe ließ fast die Cornflakesschüssel fallen, als sie erkannte, dass der blutüberströmte Geist von Charlotte Logan an ihrem Küchentisch saß.

»Hast du es gesehen?«, fragte der Geist sie.

»Was gesehen?«, erwiderte Phoebe, wobei sie versuchte, nicht so entsetzt zu klingen, wie sie sich fühlte. Sie war nur nicht darauf vorbereitet, schon vor dem Frühstück von einem Geist ins Kreuzverhör genommen zu werden.

»Was in jener Nacht geschehen ist«, antwortete Charlotte.

Phoebe setzte sich an den Tisch, schob aber die Cornflakes beiseite. Der Anblick von Charlottes blutbeflecktem Kleid verdarb ihr den Appetit.

»Ich denke, ich sollte es dir erklären«, sagte Phoebe. »Manchmal habe ich Visionen von der Vergangenheit. Aber ich kann diese Visionen nicht kontrollieren. Ich kann nicht vorhersagen, wann ich eine bekomme oder was ich sehen werde – und seit unserer Begegnung gestern Nacht habe ich keine Vision gehabt.«

Die Geisterfrau sah auf den Küchentisch und vermittelte Phoebe das deutliche Gefühl, dass sie von ihr enttäuscht war.

»Ich möchte dir eine Frage stellen«, sagte Phoebe. »Wer war der Mann mit der Maske?«

Die Geisterfrau schlug die Hände vors Gesicht und fing an zu schluchzen.

»Er hat Betty getötet, richtig?«, drängte Phoebe.

Charlotte nickte. Oder hatte sich vielleicht nur ihre Schultern gehoben? Phoebe konnte es nicht mit Sicherheit sagen.

»Und dich auch?«

Die Geisterfrau nickte wieder.

»Was ist mit Ronald? Er war nicht der maskierte Mann, oder?«

Charlotte hob den Kopf. Ihre Augen waren jetzt klar. »Nein.«

»Demnach war eine vierte Person in diesem Hinterzimmer«, sagte Phoebe bedächtig. »Jemand, der zuerst Betty und dann dich erstach. Wie kam es, dass Ronald das Messer in der Hand hielt?«

»Er hat gekämpft«, antwortete Charlotte. »Um uns zu retten.«

Die Puzzleteile fügten sich endlich zusammen. Phoebe konnte nicht verhindern, dass ihre Stimme aufgeregt klang. »Also hat Ronald die Wahrheit gesagt. Und in all diesen Jahren ist sein Geist ruhelos gewesen und hat versucht, andere von seiner Unschuld zu überzeugen und seinen Namen rein zu waschen.«

»Wir müssen alle zurückkehren«, sagte der Geist.

»Du meinst, alle drei Geister sind dazu verdammt, zurückzukehren und auf dem Campus zu spuken?«

»Du musst uns helfen – bis die Wahrheit bekannt ist«, sagte Charlotte.

»Wie?«, fragte Phoebe. »Was soll ich tun?«

»Der Jahrestag unseres Todes«, sagte der Geist zögernd. »Was war, muss wieder sein.«

Phoebe spürte, wie sich die Muskeln in ihrer Brust vor Furcht verspannten. »Es muss wieder sein?«, wiederholte sie. »Entschuldigung, aber jene Nacht im Jahr 1958 war ein Desaster. Ich möchte wirklich nicht, dass sich das wiederholt.«

»Du musst ins Innere gehen!«

»Ins Innere? Von Thayer Hall?«

»Nein!« Jetzt sah Charlotte wirklich verzweifelt aus, und Phoebe spürte, wie ihre eigene Frustration wuchs. Wenn der

Geist so sehr darauf versessen war, mit ihr zu kommunizieren, warum konnten sie dann kein normales Gespräch führen? Warum fiel Charlotte das Reden so schwer?

»Du musst ins Innere gehen«, beharrte der Geist.

Diesmal richteten sich Phoebes Nackenhärchen auf, als sie erkannte, dass sie genau darum gebeten hatte, als sie ihren ersten Zauber durchgeführt hatte – um einen Geist, der ihr den Weg nach innen wies.

Phoebe nahm ihren ganzen Mut zusammen. »Sag mir, wie«, verlangte sie. »Bitte!«

»Jene Nacht. Sie muss wieder sein, und du musst sehen. Du musst die Wahrheit bekannt machen. Dann müssen wir nicht länger zurückkehren.«

Phoebe rieb sich die Augen und versuchte, in allem einen Sinn zu sehen. Vielleicht war es doch nicht so unmöglich, was der Geist von ihr verlangte. Schließlich würde Sonntagabend eine Halloween-Party im Stil der fünfziger Jahre stattfinden. Es würde dieselbe Musik gespielt werden wie damals. Und nach allem, was sie gehört hatte, versuchte man auch, die Originaldekoration der Party nachzubauen. Die Bühne war längst vorbereitet. Es war purer Zufall, aber vielleicht konnte sie es zu ihrem Vorteil nutzen. Vielleicht war diese Neuinszenierung jener Nacht mehr als nur eine oberflächliche Wiederholung.

»Mal sehen, ob ich das richtig verstanden habe«, sagte Phoebe. »In der Halloween-Nacht wiederholen wir die Party, auf der du und Betty getötet wurden und Ronald mit einem blutigen Messer in der Hand erwischt wurde. Und dann?«

Charlottes Gesichtsausdruck war fast heiter, als sie sagte: »Es wird alles wieder so sein. Du wirst sehen, was geschehen ist, so wie du mich jetzt siehst. Dann wirst du die Wahrheit über jene Nacht verbreiten – und wir werden endlich in Frieden ruhen können.«

»Wir werden also in der Halloween-Nacht den Tatort nachbilden, ich werde nach innen gehen oder zur Geisterebene«, dachte Phoebe laut nach. »Und ich werde sehen, was wirklich vor all diesen Jahren geschehen ist, die wahre Geschichte bekannt machen, und dann werden eure Seelen endlich in Frieden ruhen können.«

Aber ob das wirklich der Plan war, konnte sie nicht mit Sicherheit sagen. Denn Charlotte Logans Geist war verschwunden.

Später an diesem Nachmittag, in der Campus-Cafeteria, betrachtete Phoebe mit ernstem Gesicht ihren Obstsalat. Seit ihrem Frühstücksgespräch mit Charlottes Geist hatte sie sich gefragt, was sie tun sollte.

Sie war ziemlich sicher, dass sie genau das tun würde, was Charlottes Geist vorgeschlagen hatte: auf die Party gehen, die Wiederholung der Mordszene abwarten und zusehen, was zwischen den Geistern wirklich geschah, um schließlich Ronald Galvez' Namen rein zu waschen.

Dennoch war es kein risikofreier Plan. Phoebe übte sich schon lange genug in der Hexenkunst, um zu wissen, dass Ereignisse auf der Geisterebene oft die menschliche Ebene beeinflussten – und zwar sehr stark.

Was war, wenn die Morde wiederholt wurden und weitere Menschen starben?

Nicht möglich, sagte sich Phoebe. Auf diese Weise würden die drei Geister keine Ruhe finden. Im Gegenteil, es würde die Lage für sie nur noch schlimmer machen. Dennoch würde sie sich viel besser fühlen, wenn ihre Schwestern sich einverstanden erklärten, sie auf die Party zu begleiten. Das hieß, falls sie ihre Schwestern überhaupt dazu bringen konnte, gemeinsam etwas zu unternehmen.

Phoebe barg ihren Kopf in den Händen und stöhnte frustriert.

»Phoebe.« Eine aufgeregte Stimme ließ sie rasch den Kopf heben. Ihre Augen sahen in die von Marjorie Yarnell. Marjorie stand an Phoebes Tisch und hielt eins der Flugblätter mit der Einladung zur Halloween-Party in der Hand.

»Haben Sie das gesehen?«, fragte Marjorie.

Phoebe nickte. »Natürlich. Sie hängen überall auf dem Campus.«

Marjorie setzte sich Phoebe gegenüber an den Tisch. Nervös schob sie die Süßstofftütchen in dem Metallbehälter hin und her. »Ich ... ich halte es für keine gute Idee«, begann sie. »Eine Party an demselben Ort zur selben Zeit zu veranstalten.« Ihre grünen Augen suchten Phoebes. »Bitte sagen Sie mir, dass Sie nicht auf die Party gehen werden.«

»Doch, ich gehe hin«, erwiderte Phoebe. »Bevor ich hierher kam, habe ich mich sogar zum Dekorationskomitee gemeldet.«

Da sie von Charlotte zum »Sehen« gedrängt worden war, hatte sich Phoebe gedacht, dass die Herrichtung von Thayer Hall in der Nacht vor der Party eventuell zu einer weiteren Vision führen würde.

Marjories Augen weiteten sich ungläubig. »Was haben Sie gerade gesagt?«

»Samstagabend werde ich beim Dekorieren für die Party helfen«, wiederholte Phoebe, während sie Marjorie genauer ansah. Obwohl sie wie immer perfekt gekleidet und geschminkt war, konnte auch ihr Make-up nicht verdecken, dass sie totenbleich geworden war. »Was ist los, Marjorie?«, fragte Phoebe. »Warum machen Sie sich solche Sorgen wegen der Party?«

»Ich halte es einfach für keine gute Idee, eine weitere Kostümparty in der Thayer Hall zu veranstalten«, sagte Marjorie, während sie nervös an einer Ecke des Flugblatts zupfte. »Es ist viel zu gruselig. Und leichtsinnig. Schließlich könnte alles Mögliche passieren.«

Da hast du Recht, dachte Phoebe, sich dessen bewusst, dass sie Marjorie schwerlich von ihrem Gespräch mit Charlotte erzählen konnte. Zumindest nicht ohne zu enthüllen, was sie selbst in Wirklichkeit war. Sie glaubte nicht, dass Marjorie damit klarkommen würde, dass sie, Phoebe, eine Hexe war.

»Wir haben nicht mehr 1958«, erinnerte Phoebe die ältere

Frau sanft. »Die Ereignisse der Vergangenheit können sich also nicht wiederholen.«

Wenn ich nur selbst davon überzeugt wäre, dachte Phoebe im Stillen.

»Oh, da haben Sie wahrscheinlich Recht«, sagte Marjorie mit unnatürlich hoher Stimme. »Aber was ist mit Dingen wie – wie nennt man sie noch gleich – kopierten Verbrechen?«

Phoebe zuckte mit den Schultern. »Ich schätze, so etwas ist immer möglich«, gab sie zu. »Aber vermutlich nicht allzu wahrscheinlich.«

»Was ist, wenn dieser Galvez nicht der Mörder war?«, fuhr Marjorie fort. »Was ist, wenn der wahre Täter noch immer lebt? Er könnte sogar hier am College sein! Sie wissen doch, was man sagt: Der Täter kehrt immer an den Ort des Verbrechens zurück.«

Vor Phoebes geistigem Auge tauchte plötzlich ein Bild von Dekan Williams auf und sie erinnerte sich an den Klang seiner Stimme, als er ihr versicherte, dass Ronald Galvez für die Morde verantwortlich sei.

»Sie handeln sich nur Ärger ein, wenn Sie nach Geheimnissen suchen, wo keine sind«, hatte der Dekan gesagt.

Hat Dekan Williams gelogen?, fragte sich Phoebe. Hat er nur versucht, mir Angst zu machen, damit ich nicht herausfinde, dass er etwas mit den Morden zu tun hat? Ist es möglich, dass er der Mann mit der Halloween-Maske ist?

Phoebe fröstelte, als ihr dämmerte, dass Marjorie Recht haben könnte. Wenn der Mörder noch immer am Leben war und sich in der Nähe aufhielt, wurde er wahrscheinlich von der Neuinszenierung jener Nacht angezogen.

»Ich fürchte, meine Einbildungskraft geht wieder mit mir durch«, sagte Marjorie und riss Phoebe aus ihren Gedanken. »Ich habe gestern Nacht eine Polizeisendung gesehen, in der ein ähnlicher Fall geschildert wurde.« Sie lächelte Phoebe entschuldigend an.

»Oh«, sagte diese und fühlte sich ein wenig – aber nur ein wenig – erleichtert.

»Eigentlich bin ich auch nur gekommen, um Ihnen das hier zu geben«, fuhr Marjorie fort und griff in die lederne Büchertasche, die sie neben dem Tisch abgestellt hatte. »Vielleicht hilft es Ihnen bei Ihrem Sonderprojekt. Als ich für einen anderen Kurs ein paar Nachforschungen betrieben habe, habe ich es im Keller der Bibliothek gefunden.«

Phoebes Herzschlag beschleunigte sich, als sie sah, was Marjorie ihr über den Tisch zuschob. Es war das Jahrbuch von 1958, das eine Jahrbuch, das Phoebe nicht hatte finden können.

»Das ist großartig!«, rief sie, so erregt, dass sie vorübergehend ihre Furcht vergaß.

Marjorie lächelte Phoebe auf äußerst seltsame Weise an. »Ich lasse es in Ihrer Obhut«, sagte sie, erhob sich und zögerte dann einen Moment. »Auf Seite neunundvierzig befindet sich ein Foto von Betty und Ronald.«

Mit diesen Worten wandte sie sich ab und ging eilig davon, bevor Phoebe noch etwas sagen konnte.

Phoebes Herz hämmerte wie nach einem Dauerlauf, als sie das Jahrbuch aufklappte. Zwar hatte es Klassenfotos von Ronald und Betty in den anderen Jahrbüchern gegeben, die Phoebe durchgesehen hatte. Aber keines hatte die beiden zusammen gezeigt, und nichts deutete in irgendeiner Weise auf die wahre Natur ihrer Beziehung hin.

Als Phoebe die Seite neunundvierzig aufschlug, hielt sie den Atem an. Unter der Überschrift »Schnappschüsse vom Campusleben« waren eine Reihe von nicht gestellten Fotos abgebildet.

Perfekt, dachte Phoebe. Genau die Art Hinweis, nach der ich gesucht habe.

Da war eine Aufnahme vom Footballteam bei dem Versuch, eine menschliche Pyramide zu bauen, der jedoch gescheitert war. Darunter befand sich ein Bild der Jahrbuchredaktion mit den Mitarbeitern an ihren Schreibmaschinen, und ein weiteres zeigte die Cheerleadertruppe, die gerade selbst gebackene Kekse verkaufte.

Unten rechts entdeckte Phoebe das Schwarzweißfoto einer Gruppe von älteren Studenten, die triumphierend in die Kamera lächelten. Und dort in der Mitte standen – Arm in Arm – Betty Warren und Ronald Galvez.

Sofort spürte Phoebe das Prickeln, mit dem sich jede Vision ankündigte. Die Fotografie schien für einen Moment zu schwinden, bevor Phoebe schließlich Betty und Ronald in einer innigen Umarmung sehen konnte. Sie befanden sich in einem Raum, der mit schwarzem Krepppapier und Kürbislaternen dekoriert war. Während Betty ein langes Kleid trug und ein funkelndes Diadem in den blonden Haaren hatte, war Ronald als Pirat verkleidet. An einem Ohr hing ein goldener Ring. Er sah wirklich großartig aus, stellte Phoebe fest und beobachtete die beiden beim Tanzen. Im Hintergrund konnte sie Buddy Hollys »It's So Easy to Fall in Love« hören.

Bettys Gesicht strahlte, als sie zu Ronald aufblickte. Es war offensichtlich, dass sie bis über beide Ohren verliebt war. Ronald hatte die Lippen zu einem Lächeln verzogen, während er Betty ansah. Als der Buddy-Holly-Song zu Ende war, erklangen die ersten Takte von »Earth Angel«. Ronald beugte den Kopf nach unten und flüsterte etwas in Bettys Ohr. Sie errötete und nickte, und dann wandten sich beide zur Tür. Phoebe verlor sie aus den Augen, als sie sich durch die Menge der anderen Tänzer drängten, und kehrte unvermittelt wieder in die Wirklichkeit zurück.

Noch lange nachdem ihre Vision vorbei war, saß Phoebe bewegungslos an ihrem Tisch und starrte das Foto von Betty und Ronald an.

Ronald Galvez hatte sich genauso verhalten, wie auf dieser alten Fotografie zu sehen war – wie ein junger Mann, der unsterblich verliebt war, und nicht wie ein Rebell, der nicht wusste, was er tat, oder der verzweifelte Mörder, zu dem man ihn hinterher gemacht hatte.

Wer hat die Morde wirklich begangen?, fragte sich Phoebe. Marjories Andeutung, der wahre Mörder sei womöglich noch am Leben – und bereit, an den Tatort seines

Verbrechens zurückzukehren –, ging ihr nicht mehr aus dem Sinn.

Prue und Piper werden mir helfen müssen, entschied Phoebe, schließlich ist dies definitiv ein Job für die Macht der drei. Denn obwohl Phoebe ziemlich sicher war, das Geschehen gut allein beobachten zu können, gab es eine Sache, die sie in der Halloween-Nacht nicht allein tun konnte.

Sie konnte sich unmöglich selbst Rückendeckung geben.

7

»Kommt schon, Leute«, sagte Phoebe später an diesem Nachmittag. »Ihr braucht euch nicht wieder zu küssen noch zu versöhnen. Ich möchte nur, dass ihr diesen Zauber mit mir durchführt. Es könnte wirklich wichtig sein und ich brauche die Macht der drei.«

Von ihrem Platz auf der anderen Seite des Dachbodens warf Prue Piper einen finsteren Blick zu. »Du weißt, dass ich immer bereit bin, dir zu helfen, Phoebe«, sagte sie.

»Oh, und ich nehme an, das soll bedeuten, dass ich es nicht bin«, schoss Piper von ihrem Platz neben der Tür zurück.

Phoebe seufzte. Sie hatte sich entschlossen, vor der Halloween-Party einen kleinen Schutzzauber durchzuführen, brauchte aber dafür die Hilfe ihrer Schwestern. Zwar hatte sie die Tatsache, dass es ihr tatsächlich gelungen war, beide dazu zu bringen, zur gleichen Zeit den Dachboden zu betreten, ermutigt, aber dieser gemeinsame Aufenthalt im selben Raum war bis jetzt auch schon alles, wozu sich ihre Schwestern durchgerungen hatten. Es war klar, dass sie noch immer wütend aufeinander waren und sich weiter um diesen Dylan stritten, den Phoebe noch nicht einmal kennen gelernt hatte. Allein die Erwähnung seines Namens genügte, damit sich Prue und Piper gegenseitig an die Kehle gingen.

Die Wahrheit war, dass Phoebe dieses ganze Gezänk inzwischen gründlich satt hatte. Schließlich war ihr Problem weitaus wichtiger als die Suche nach dem Richtigen. Nicht, dass das Liebesleben ihrer Schwestern unwichtig war, aber irgendwie hatte ihr Überleben am 31. Oktober Priorität vor der Frage, wer ein Vorrecht auf einen Kerl hatte, den sie nicht kannte.

»Danke, Prue. Danke, Piper«, unterbrach sie die beiden, bevor ein Streit darüber entfachen konnte, wer ihr am meisten half. »Ich bin sicher, dass ihr beide helfen wollt, und ich weiß das sehr zu schätzen. Aber am liebsten wäre es mir«, fuhr sie fort, während sie zum *Buch der Schatten* trat und beide Hände ausstreckte, »wenn wir uns jetzt eine Minute Zeit nehmen würden, um diesen winzig kleinen Zauber durchzuführen.«

»Natürlich können wir das«, sagte Piper leicht verschnupft, als sie näher trat und eine von Phoebes ausgestreckten Händen ergriff. »Ehrlich, Phoebe. Es gibt keinen Grund, uns wie Kinder zu behandeln.«

Oh, wirklich nicht?, dachte Phoebe, hielt jedoch klugerweise ihre Zunge im Zaum, da jetzt nur noch Prue herüberkommen musste, damit sie das Ganze endlich hinter sich bringen konnten.

Prue stellte sich auf die andere Seite zu Phoebe und ergriff ihre freie Hand. »Was für eine Art von Zauber hast du im Sinn?«, fragte sie.

»Eine Formel, die Geister zwingt, zu erscheinen und die Wahrheit zu sagen«, erwiderte Phoebe. »Die Formel, die ich vor ein paar Tagen benutzt habe, diente bloß zur Beschwörung eines Geistes, der sich mir in Form von Charlotte gezeigt hat.

Aber ich will, dass alle drei Geister – Bettys, Ronalds und Charlottes – im selben Raum zur selben Zeit auftauchen. Der zweite Teil des Zaubers wird sie dazu zwingen, die Wahrheit zu sagen. Und *dann* werden wir endlich erfahren, was wirklich in jener Nacht geschehen ist.«

»Klingt irgendwie kompliziert«, bemerkte Piper.

»Ich finde das völlig einleuchtend«, erwiderte Prue.

»Danke für die Unterstützung. Es war das Beste, was mir auf die Schnelle einfiel«, sagte Phoebe hastig, wobei sie die Kommentare ihrer Schwestern in umgekehrter Reihenfolge beantwortete. Es war anstrengend, ständig die Schiedsrichterin zu spielen. »Können wir jetzt bitte mit dem Zauber beginnen?«

»Ich bin bereit, wenn du es bist«, sagte Piper.

»Von mir aus kann's losgehen«, fügte Prue hinzu.

Phoebe zögerten einen Moment. »Äh, Leute – damit die Verbindung der Macht der drei stärker wird, müsst ihr euch an den Händen halten. Das wisst ihr doch.«

Prue und Piper machten säuerliche Gesichter und für

einen Moment geschah nichts. Dann streckte Piper ihre Hand aus.

»Kein Problem«, sagte sie.

Schweigend ergriff Prue Pipers Hand, aber sie sah nicht besonders glücklich dabei aus.

Wenn ich Dylan endlich kennen lerne, werde ich ein Wörtchen mit ihm reden müssen, dachte Phoebe. Sie wollte, dass sich ihre Schwestern wieder normal verhielten, und zwar sofort!

Sie holte tief Luft und konzentrierte sich auf die Zauberformel.

»Okay«, sagte sie. »Es geht los.«

»Du kneifst mich«, beschwerte sich Piper, bevor Phoebe fortfahren konnte, und stieß Prues Hand weg. »Ich kann das nicht tun. Sie drückt viel zu fest.«

»Oh, sei nicht so ein Waschlappen«, konterte Prue. »Ich habe nicht gedrückt.«

Phoebe spürte, wie es in ihrem Kopf zu pochen begann. Sie wusste nicht, ob sie das Gezänk ihrer Schwestern noch länger ertragen konnte.

»Prue«, begann sie ein wenig vorwurfsvoll.

»Oh, großartig!«, rief Prue dramatisch. »Ergreif ruhig Partei für sie. Und jetzt, wo ihr beide so dicke Freunde seid, braucht ihr mich ja nicht mehr. Ich habe schon verstanden. Ich merke es, wenn man mich nicht will.«

Mit diesen Worten drehte sie sich um und rauschte durch die Dachbodentür.

»Vielen Dank, Piper«, sagte Phoebe.

»Gib nicht mir die Schuld, nur weil Prue die Beherrschung verloren hat«, sagte Piper laut genug, dass Prue sie hören konnte, während sie die Treppe hinuntermarschierte. »Es ist nicht *meine* Schuld.«

Kurz darauf drang Prues Gemurmel von unten in die Dachkammer hinauf.

»Moment!«, rief Piper. »Das hab ich gehört. Glaub bloß nicht, du könntest *so* mit mir reden, Prue Halliwell!«

Dann stürmte sie Prue hinterher, wobei ihre Schuhe auf der Treppe klapperten, und ließ Phoebe allein auf dem Dachboden zurück.

So viel zur Macht der drei!, dachte Phoebe und nahm sich vor, den Grund für Prues und Pipers absonderliches Verhalten zu klären, sobald sie die Wahrheit über die Halloween-Morde herausgefunden hatte.

Sie rieb sich die leeren Hände und starrte ins *Buch der Schatten*. Dann rezitierte sie mit leiser, singsangähnlicher Stimme die Beschwörungsformel und wartete. Für einen Moment geschah absolut nichts.

Oh, nicht schon wieder!, dachte sie. Das hatten wir doch schon!

Doch bereits im nächsten Moment begann die Luft am anderen Ende des Dachbodens zu schimmern, und Phoebe war klar, dass gleich ihre Geister erscheinen und ihr die Antworten liefern würden, die sie haben wollte.

Das Gespenst explodierte wie aus dem Nichts vor Phoebe in der Luft.

Oh, oh, dachte Phoebe, fest davon überzeugt, dass sie in ernsten Schwierigkeiten steckte. Der Körper der Erscheinung war fast formlos, sodass Phoebe nicht erkennen konnte, ob es ein Mann oder eine Frau war. Das wiederum machte die wolfsähnliche Halloween-Maske des Gespenstes nur noch unheimlicher, wenngleich das riesige Messer in seiner rechten Hand Phoebe am meisten Angst machte.

Drohend näherte sich der Geist Phoebe.

»Halt dich fern«, sagte er mit einer unmenschlichen Stimme, die Phoebe Gänsehaut bereitete. »Misch dich nicht ein.«

»Wer bist du?«, fragte Phoebe mit bebender Stimme.

Dann dämmerte ihr, dass dies der maskierte Mann war, der unbekannte Angreifer, von dem Charlotte ihr erzählt hatte. Sie war mit dem Halloween-Mörder allein auf dem Dachboden!

Der Geist machte noch einen Schritt auf sie zu und Phoebe schrie auf, als er das Messer hob und die Klinge auf ihre Brust niedersausen ließ.

In letzter Sekunde wich Phoebe aus und entging mit knapper Not der herabstoßenden Klinge, die den Ärmel ihrer Bluse traf und diesen aufschlitzte.

Phoebe stockte der Atem. Der Geist mag körperlos sein, aber das Messer ist real!, stellte sie fest.

Dann intonierte sie hastig einen Gegenzauber, den sie sich vorsichtshalber eingeprägt hatte, und der Geist verschwand, ohne eine Spur zu hinterlassen. In diesem Augenblick drang Pipers besorgte Stimme die Treppe hinauf.

»Phoebe? Stimmt was nicht?«

Phoebe holte tief Luft, ihre Kehle fühlte sich rau und wund an. »Alles in Ordnung, Piper«, rief sie zurück.

Sie hatte nicht vor, ihren Schwestern zu erklären, was gerade geschehen war. Sie würden ihren Streit wahrscheinlich sowieso nicht lange genug unterbrechen können, um sich die Geschichte anzuhören.

Mit zitternden Fingern schloss Phoebe die Dachbodentür hinter sich und ging in ihr Zimmer, wo sie sich eine Meditationskerze anzündete und sich im Lotussitz auf ihrem Bett niederließ. Nach ein paar Minuten spürte sie, wie sie sich entspannte. Ihr Atem verlangsamte sich, und ihr Herz schlug wieder normal.

Ein Gutes hat der Vorfall, sagte sie sich. Mein Plan hat in gewisser Hinsicht funktioniert. Jetzt wusste Phoebe, dass Charlottes Behauptung, in jener Nacht habe sich in dem Hinterzimmer eine vierte Person befunden, deren Identität nach wie vor unbekannt war, der Wahrheit entsprach.

Phoebe war mehr denn je froh, dass sie versprochen hatte, Charlotte Logan zu helfen. Sie, Ronald und Betty verdienten es, in Frieden zu ruhen, und auch wenn sie selbst dadurch in tödliche Gefahr geriet, mussten die Geschehnisse jener Nacht aufgedeckt werden.

Dylan hatte sich den besten Tisch im Russian-Hill-Café ausgesucht, von dem aus man die perfekte Sicht auf die Lichter der Golden Gate Bridge hatte, die wie eine Kette aus goldenen Sternen vor dem Hintergrund der Nacht glitzerten. Nicht, dass ihn die Aussicht interessierte. Schließlich hatte er nie verstanden, warum Sterbliche so versessen auf malerische Landschaften waren, wo doch alles so vergänglich war. Glaubten sie wirklich, dass ihre hübsche Brücke die Zeitläufe überdauern würde? Davon aber einmal abgesehen, war er sowieso hier, um eine ganz andere Aussicht zu genießen.

Er griff nach dem Glas Weißwein, das er bestellt hatte, drehte es in der Hand und blickte dann in die klare, wirbelnde Flüssigkeit.

Bunte Punkte bildeten sich in dem Wein und formten sich zu einem kleinen, aber gestochen scharfen Bild.

Dylan sah Prue Halliwell in einem Raum, der ihr Zimmer sein musste. In einem Nachthemd lag sie auf dem Bett und las ein Buch.

»Oh, nein, nein«, sagte er leise. »Das reicht nicht. Wir können deinen Abend sicherlich auf bessere Weise nutzen, Prue.«

Ruhelos warf sich Prue in ihrem Bett hin und her, unfähig, sich auf das Buch zu konzentrieren, das sie gerade las. Sie musste ständig an Dylan und ihr gemeinsames Rendezvous, morgen Abend nach seinem Auftritt, denken.

Wie konnte Piper es nur wagen zu behaupten, sie habe ein Vorrecht auf Dylan, nur weil er im P3 spielte und sie ihn zuerst kennen gelernt hatte? Als wäre ein Telefongespräch von irgendeiner Bedeutung.

Ganz bestimmt nicht, entschied Prue, während sie sich erneut in ihrem Bett wälzte. Wer hatte schon je von »Liebe auf das erste Wort« gehört?

Niemand, dachte Prue zufrieden. Aber »Liebe auf den ersten Blick« war jedem ein Begriff, was bewies, dass man jemanden *sehen* musste, bevor man behaupten konnte, ihn kennen gelernt zu haben.

Genau dies wollte sie Piper absolut klarmachen, denn schließlich war sie es, die Dylan zuerst gesehen hatte. Selbst Piper hatte das zugeben müssen, und jetzt war es Zeit, dass sie ihre Niederlage eingestand und das Feld räumte.

Prue schloss die Augen und malte sich aus, wie der Abend im P3 ablaufen würde. Sie würde in ihrem besten Kleid erscheinen – ihrem besten *neuen* Kleid – und einfach atemberaubend aussehen. Piper, die bis spät in den Abend arbeiten musste, würde müde, ungepflegt und verschwitzt aussehen.

Dylan würde in ihrer Mitte stehen, scheinbar zwischen ihnen hin- und hergerissen sein. Dann würde er sich von Piper abwenden und zu Prue gehen. Er würde sie in seine Arme nehmen und ...

Hier hätte Prues Fantasie eigentlich verblassen sollen, doch sie ging weiter, als würde sie von einer äußeren Kraft abgetrieben. Und so verwandelte sich Prues wundervoller Traum innerhalb von zwei Minuten in einen absoluten Albtraum – denn genauso lange dauerte es, bis Piper durch das P3 gestürmt war und Dylan aus Prues liebevollen Armen riss.

Nein!, dachte Prue, als sie die Augen öffnete und sich kerzengerade aufsetzte. Sie konnte die Hitze förmlich spüren, die immer dann durch ihre Adern zu strömen schien, wenn sie an Dylan dachte.

Sie würde niemals zulassen, dass Piper ihr Dylan wegnahm.

Wir werden die Sache jetzt klären, entschied sie. Schließlich war Samstagabend viel zu wichtig, als dass sie es sich hätte leisten können, irgendwelche Risiken einzugehen. Sie schlug die Bettdecke zur Seite und stieg aus dem Bett. Dann nahm sie die Dose Cola vom Nachttisch und trank einen großen Schluck. All diese Hitze in ihr machte sie durstig.

Als Prue durch den Flur in Pipers Zimmer stürmte, musste sie jedoch feststellen, dass ihre Schwester nicht da war.

Natürlich ist sie nicht hier, dämmerte es Prue. Piper arbeitet und ist noch immer im P3.

Prue entschloss sich, umzukehren und Pipers Zimmer wieder zu verlassen, um die Privatsphäre ihrer Schwester nicht zu verletzen. Aber eine zweite Hitzewelle, die durch ihre Adern rauschte, ließ sie zögern.

Hier ging es um die Liebe, und in der gab es so etwas wie Fairness nicht. Alle Regeln waren aufgehoben. Und Prue würde alles tun, um dafür zu sorgen, dass Dylan ihr gehörte, und sie würde nicht für einen Moment irgendwelche Schuldgefühle haben.

Leise bewegte sich Prue durch Pipers Zimmer, nicht ganz sicher, wonach sie eigentlich suchte. Vielleicht hoffte sie auf einen Hinweis, dass Piper dasselbe plante wie sie. Dass sie alles versuchen würde, um morgen Abend gut auszusehen, in der Nacht, in der es Dylan absolut klar werden würde, welche der Halliwell-Schwestern er wirklich wollte.

Vielleicht würde sie irgendwo eine Terminkarte für eine Gesichtspflege und Maniküre entdecken. Oder, dachte Prue, als ihr Blick auf eine vertraute Tasche vor Pipers Kleiderschrank fiel, vielleicht ist sie auch einkaufen gegangen!

Blitzartig hatte Prue das Zimmer durchquert und Pipers Schranktür aufgerissen, wo sie die Neuerwerbung direkt vor ihren Augen hängen sah. Beim Anblick des eng geschnittenen, weißen, spitzenbesetzten Kostüms spürte Prue eine neue Hitzewelle in sich aufsteigen. Es war das Kleid aus ihrer Lieblingsboutique, das sie hatte kaufen wollen und das nicht mehr da gewesen war, als sie in ihrer Mittagspause den Laden aufgesucht hatte. Jetzt kannte sie den Grund dafür. Die verschlagene, raffinierte kleine Piper war ihr zuvorgekommen!

Prue griff nach dem Kleid, vergaß dabei jedoch die Dose Cola, die sie in der Hand hielt. Schon ergoss sich eine Kaskade sprudelnder brauner Flüssigkeit auf die Vorderseite des Kleides und befleckte den weißen Stoff.

Prue riss die Hand zurück, wobei ein zweiter Schwall Cola den Inhalt von Pipers Schrank bespritzte. Jetzt waren nicht nur das neue Kleid, sondern gleich alle Kleider, die für ein Date in Frage kamen, ruiniert. Prue bemerkte, dass sie zitterte, als sie vom Schrank zurücktrat und die Tür schloss. Mit hämmerndem Herzen eilte sie in ihr Zimmer zurück.

Was habe ich nur getan?, fragte sie sich. Sie hatte nicht wirklich vorgehabt, das Kleid zu ruinieren, oder? Es war bloß ein Unfall gewesen, wie er jedem hätte passieren können.

Prue stellte die Coladose auf ihren Nachttisch, ließ sich aufs Bett fallen und barg ihren Kopf in den Händen.

Was war nur mit ihr los? Dieses Benehmen kam ihr, die sie sonst so vorsichtig und bedächtig war, nicht normal vor. Es war völlig untypisch für sie, Cola über die Garderobe ihrer Schwester zu kippen.

Aber kaum hatte Prue die Augen geschlossen, sah sie nur noch Dylan. Ihr Kopf ruckte hoch, und sie beschloss, dass sie das, was geschehen war, nicht mehr rückgängig machen konnte.

Jetzt war es zu spät, um sich Sorgen um Pipers Kleid zu machen. Und wenn die Tatsache, dass sie ein wenig Cola verschüttet hatte, bedeutete, dass sie selbst diejenige war, die Dylan bekam, dann konnte sie damit leben.

Prue lächelte, als sie aufstand, um den Inhalt ihres eigenen Kleiderschranks zu inspizieren. Da Piper als Konkurrentin nun ausgeschaltet war, gab es nichts, was sie daran hindern konnte, das zu bekommen, was sie wollte. Morgen Abend würden ihre Träume in Erfüllung gehen, und dann würde sich Prue Halliwell genau dort wiederfinden, wo sie sein wollte: in Dylan Thomas' Armen.

8

Piper sah auf ihre Uhr, als sie vor der Reinigung parkte. Es war Samstagnachmittag, fünf Uhr, was bedeutete, dass ihr kaum mehr als eine Stunde blieb, um nach Hause zu fahren, zu duschen, ihre Frisur herzurichten, sich zu schminken, ihren Schmuck anzulegen und dann zurück zum P3 zu fahren, um sich um die Abendgäste zu kümmern und *Dylan and the Good Nights* spielen zu sehen.

Allein die Vorstellung, dass Dylan den Club betrat, ließ Pipers Herz rasen. Sie hatte nicht Phoebes Fähigkeit, in die Zukunft zu sehen, aber sie wusste trotzdem, dass der heutige Abend einfach fantastisch verlaufen würde.

Sie eilte in die Reinigung, während sie den Abholzettel für ihren weißen Kaschmirschal hervorkramte. Wenn sie nach dem Konzert mit Dylan ausging, brauchte sie das perfekte Accessoire für ihr neues Spitzenkleid.

»Hier ist er, Piper«, sagte die Frau hinter der Theke mit einem Lächeln. »Und von Ihrer Schwester Prue sind auch noch ein paar Sachen fertig. Wollen Sie sie mitnehmen?«

Piper zögerte einen Moment. Wenn sie bedachte, wie sich Prue in der letzten Zeit ihr gegenüber verhalten hatte, verspürte sie keine besonders große Lust, ihr einen Gefallen zu tun. Andererseits war es üblich, dass sie einander halfen, und es kam ihr kleinlich vor, nein zu sagen.

»Sicher«, nickte Piper. »Ich nehme ihre Sachen mit.«

»Das macht dann sieben Dollar für den Schal und vierunddreißig für die Sachen Ihrer Schwester.«

»Vierunddreißig Dollar?«

»Nun, sie hatte zwei Pullover, zwei Anzüge und ein Kleid.«

»Das kommt hin.« Piper seufzte und kramte in ihrer Geldbörse. Zwar konnte sie sich jetzt schwerlich weigern, aber Prue schuldete ihr etwas dafür.

»Danke«, sagte sie, nahm die gereinigten Sachen an sich und ging zur Tür.

»Arbeiten Sie heute Abend?«, rief ihr die Frau nach.

»Auf jeden Fall«, antwortete Piper mit einem Lächeln. Und fügte dann im Stillen hinzu: Ich habe vor zu spielen.

In seiner Hotelsuite legte Dylan Thomas vorsichtig seine Gitarre in den dazugehörigen Lederkoffer und überprüfte dann seine Erscheinung im Spiegel. Schwarze Jeans, eins seiner eng anliegenden Seidenhemden und ein langer schwarzer Ledermantel, den er nach zehn Minuten auf der Bühne ablegen würde. Er spielte gern den Musiker, und er genoss es, dass Prue und Piper Halliwell so angetan davon waren. Piper starrte ihn schon völlig hingerissen an, wenn er nur mit dem Soundcheck beschäftigt war.

Dylan warf einen Blick auf seine Uhr. »Vielleicht ist es an der Zeit, die liebe kleine Piper zu überprüfen«, murmelte er vor sich hin. »Schließlich muss ich sichergehen, dass sie sich auf unsere große Nacht vorbereitet.«

Doch dann entschied er sich für eine kleine Rückversicherung, bevor er die Vision heraufbeschwörte, die ihm zeigen würde, was sie gerade machte.

Er ging zu der schwarzen Kerze hinüber, die er in den silbernen Kerzenhalter gesteckt hatte, und nahm eine Prise silbernen Pulvers aus dem kleinen Lederbeutel, der neben dem Kerzenhalter lag. Leise sprach er eine lateinische Beschwörungsformel, während er den silbernen Staub auf die Kerze rieseln ließ.

Als der Staub in der Luft schwebte, einen perfekten Ring um die Flamme bildete und dann grellweiß aufleuchtete, lächelte Dylan zufrieden.

»So wird auch die Macht meines Zaubers verstärkt«, murmelte er. »So wie die Flamme von Magie umgeben ist, soll auch Piper Halliwell von weiß glühendem Zorn umgeben sein. Bis sie erlischt wie die Kerze.«

»Oh, mein Gott! Es ist ruiniert!«

Piper stand vor ihrem Schrank und starrte das beschmutzte

Kleid an, für das sie gestern ein kleines Vermögen ausgegeben hatte, um Dylan zu beeindrucken.

Die ganze Vorderseite des einstmals blütenweißen Spitzenkleids war von dunkelbraunen Flecken übersät. Und nicht nur das – was immer auch die Vorderseite des Kleides beschmutzte, schien praktisch den gesamten Inhalt von Pipers Schrank verschandelt zu haben. Jetzt hatte Piper buchstäblich nichts zum Anziehen.

Sie warf die Schranktür zu und ging im Zimmer auf und ab. Also, wem habe ich wohl diese ganz spezielle Überraschung zu verdanken?, dachte sie. Nicht, dass sie irgendjemanden brauchte, um die Antwort auf diese Frage zu bekommen. Sie war ganz allein in der Lage, sie zu finden.

Schließlich brauchte man nicht gerade ein Genie zu sein, um das Rätsel zu lösen.

Warum musste es ausgerechnet jetzt an dem Samstagabend passieren? Den ganzen Nachmittag hatte Piper wie ein Tier geschuftet, um das P3 für den ersten offiziellen Auftritt von *Dylan and the Good Nights* herzurichten. Und da sie dabei alte Sachen getragen hatte, war es ihr nicht in den Sinn gekommen, einen Blick in den Kleiderschrank zu werfen.

Pipers ursprünglicher Plan, den sie auch zum größten Teil verwirklicht hatte, sah vor, dass sie den Club früh verließ, ihren Schal abholte, dann nach Hause fuhr und ein schönes heißes Bad mit einem betörend duftenden Badezusatz nahm, um schließlich dieses perfekte Kleid und ihre Schuhe mit den höchsten Absätzen anzuziehen. Okay, sie war im Stau stecken geblieben, was bedeutete, dass sie auf das Bad verzichten und stattdessen duschen musste. Aber jetzt, wo sie zu Hause war, hatte sie sich darauf gefreut, ihr Killeroutfit anzuziehen, um dann ins P3 zurückzukehren und zuzusehen, wie Prue bei ihrem Anblick aus den Latschen kippte, während Dylan gleichzeitig die Augen aus dem Kopf fielen.

Doch nun war es wohl Piper, die aus den Latschen kippen würde, und sie hatte den Schlag nicht einmal kommen sehen.

Das letzte Wort ist noch nicht gesprochen, entschied sie, während erneut eine Welle weiß glühender Hitze durch ihre Adern schoss. Wenn Prue glaubt, dass es reicht, mein Kleid zu ruinieren, damit ich aufgebe, dann täuscht sie sich gewaltig.

Piper hatte eine Geheimwaffe, vor deren Einsatz sie nicht zurückschreckte.

Eilig rannte sie die Treppe hinunter und griff nach Prues Sachen, die sie vorhin aus der Reinigung geholt hatte und die jetzt am Geländer hingen.

Sie sah den durchsichtigen Plastikbeutel durch. Darin befanden sich zwei langweilige Straßenanzüge, ein roter Rollkragenpullover, eine lange braungraue Strickjacke und ein Kleid.

Piper fing an zu lachen, als sie es sich näher ansah. Ihr Glück hätte nicht größer sein können, als sie erkannte, dass sie Prues Lieblingspartykleid abgeholt hatte. Es war schwarz und trägerlos und ein echter Killer.

Mit einem Schlag wurde Piper bewusst, was ihre Schwester im Schilde führte: Prue wollte ihr klassisches »kleines Schwarzes« tragen, um Dylan zu beeindrucken.

»Tut mir Leid, liebe Schwester«, murmelte Piper. »Aber ich bin fest davon überzeugt, dass es an mir besser aussieht.«

Piper summte vor sich hin, als sie das Kleid mit in ihr Zimmer nahm. Schließlich konnte sie sich lebhaft vorstellen, was für ein Gesicht Prue machen würde, wenn sie ihr Lieblingskleid abholen wollte, nur um zu erfahren, dass es nicht mehr in der Reinigung war, weil Piper es für sie mitgenommen hatte!

Das ist sogar noch viel besser als mein ursprünglicher Plan, dachte Piper ohne jegliche Gewissensbisse, als sie in das enge schwarze Seidenkleid schlüpfte. Wenn es so etwas wie ausgleichende Gerechtigkeit gab, dann gehörte das Kleid jetzt ihr. Und wenn Prue es zurückhaben wollte, musste sie es ihr schon vom Leib reißen. Piper konnte es kaum erwarten, Dylans Gesicht zu sehen, wenn er sie sah – und Prues Gesicht, wenn sie erkannte, was sie getan hatte.

Das wird ihr eine Lehre sein, die Finger von meinen Sachen zu lassen, dachte Piper. Dann steckte sie ihr Haar zu einer klassischen, eleganten Frisur hoch, befestigte es mit einem Kamm und steckte sich lange, glitzernde Rheinsteinohrringe an. Sie lächelte, als sie ins Badezimmer ging, um ihr Make-up zu vollenden.

Selbst ein weiterer Verkehrsstau auf dem Rückweg zum P3 konnte Pipers Stimmung, die von süßer Erwartung geprägt war, nicht trüben. Als sie den Club erreichte, war er so voll, dass sie sich kaum zur Tür durcharbeiten konnte. Die Tanzfläche war voller Menschen, die kunstvolle Schritte und Drehungen zur Musik machten. Piper musste zugeben, dass Swing nach einer Menge Spaß aussah und außerdem den Vorteil hatte, dass es ein richtiger Partnertanz war, bei dem der Mann das Mädchen in seine Arme nahm.

Ich wette, Dylan tanzt genauso gut wie er singt, dachte Piper, als sie sich einen Weg durch die Menge bahnte. Sie konnte es kaum erwarten, es selbst herauszufinden.

Sie entdeckte Prue am Rand der Tanzfläche, von wo aus sie einen ungestörten Blick auf die Band hatte. Ihr knappes rotes Kleid war aufreizend, und sie hielt einen Strauß langstieliger weißer Rosen in den Armen.

Piper spürte, wie ihr Blut bei Prues Anblick zu kochen begann. Es gab nur eine einzige Person, die Prue diese Blumen geschenkt haben konnte, vorausgesetzt natürlich, sie hatte sie nicht selbst gekauft – eine Möglichkeit, die Piper nicht ausschloss.

»Findest du nicht, dass dieses Kleid ein wenig billig aussieht?«, fragte Piper, als sie an Prues Seite trat. Die Band spielte eine langsame Nummer, sodass sie nicht schreien musste. Allerdings hätte sie auch das nicht gestört.

»Rot ist so ... offensichtlich«, fuhr Piper fort. »Aber ich weiß nicht – vielleicht *willst* du ja, dass dein Kleid ›Seht mich an, seht mich an, seht mich an!‹ brüllt.«

Prue blickte an ihr hinunter, und etwas wie Bosheit funkelte in ihren blauen Augen. Wenn sie wütend darüber war, dass Piper ihr allerbestes Kleid trug, ließ sie es sich nicht anmerken.

»Bei Beerdigungen trägt man Schwarz«, sagte sie zuckersüß. »Ich schätze, diesmal ist es deine.«

»Ha!«, machte Piper und wünschte sich verzweifelt, sie hätte eine schnippischere Erwiderung parat. »Träum weiter.«

Prue hob die Rosenblüten an ihre Nase und roch daran. »Von Dylan«, sagte sie. »Sind sie nicht wunderschön?« Sie hielt sie Piper hin, doch die zeigte wenig Interesse. »Nun mach schon«, nörgelte Prue. »Riech.«

Piper spürte heißen Zorn in sich hochwallen. Nur mit Mühe konnte sie sich davon abhalten, Prue die Blumen zu entreißen, sie auf die Tanzfläche zu werfen und auf ihnen herumzutrampeln.

»Es heißt, dass ein Mann immer dann teure Blumen schenkt, wenn er etwas falsch gemacht hat«, sagte Piper schließlich. »Vielleicht sind sie dein Trostpreis.«

»Das glaubst auch nur du«, sagte Prue, während ihre Augen gefährlich aufblitzten.

Oh, es ist einfach perfekt, dachte Dylan, der von der erhöhten Bühne aus sehen konnte, wie sich Prue und Piper anfauchten. Während Prue aussah, als hätte sie Feuer in den Augen, erweckte Piper den Eindruck, als würde sie am liebsten die Rosen aus Prues Armen reißen.

Gut, dass ich vorausschauend genug war, den Floristen zu bitten, die Dornen zu entfernen, sagte sich Dylan. Schließlich wollte er nicht, dass Prue verletzt wurde, falls Piper die Beherrschung verlor und ihrem Impuls nachgab. Zumindest wollte Dylan nicht, dass Piper Prue wehtat.

Wenn hier jemand die zauberhaften Hexen verletzt, dann bin ich das, dachte er.

Er gab der Band ein Zeichen, und kurz darauf spielten sie eine fetzige Tanznummer. Die Gäste im P3 schrien vor Begeisterung auf, als sich noch mehr Körper auf der Tanzfläche drehten. Aber selbst durch die tobende Menge konnte Dylan noch immer die Halliwell-Schwestern sehen, während diese sich – Auge in Auge – um ihn stritten.

Er holte tief Luft und dämpfte mit Hilfe seiner Kräfte den Lärm um ihn herum, bis er nur noch Prue und Piper hören konnte.

»Es ist also ein Kampf bis zum Ende«, hörte er Piper sagen.

»Ein Kampf bis zum bitteren Ende«, entgegnete Prue. Sie streckte ihre Hand aus. Piper ergriff sie, und die beiden Schwestern besiegelten ihren Pakt. Dann wandte sich Piper ab und ging davon.

Ausgezeichnet, dachte Dylan, als sich sein Hörvermögen wieder normalisierte. Es entwickelt sich alles noch viel besser als geplant.

Prue und Piper waren sich praktisch schon an die Gurgel gegangen, und viel sollte nicht mehr nötig sein, um ihnen den letzten Rest Selbstbeherrschung zu rauben. Und sie dazu zu bringen, ihre mörderischen Gedanken in mörderische Taten umzusetzen. Gelang ihm das, würden sich die beiden gegenseitig erledigen, sodass Dylan nicht einmal selbst eingreifen musste.

Vielleicht lag es daran, dass die Schwestern bereits so starke Gefühle füreinander haben, sinnierte er, während die Band die Tanznummer beendete. Piper und Prue sind bereits auf die Energie der jeweils anderen eingestimmt. Wahrscheinlich machte genau das sie zu derart mächtigen Hexen. Aber jetzt würde eben diese Nähe gegen sie, und für ihn, arbeiten. Wie erbärmlich leicht war es doch gewesen, die beiden auseinander zubringen und einzeln zu besiegen.

»Zeit für ein Liebeslied«, erklärte er und gab der Band das Zeichen für eine langsame Nummer. Der Saxophonist begann mit einem ruhigen Eröffnungsriff, aber Dylan hörte kaum hin, sonder konzentrierte sich völlig auf die Halliwell-Schwestern. Sein Zauber funktionierte so gut, dass er eigentlich nichts mehr tun musste. Dennoch konnte er der Versuchung nicht widerstehen, das Feuer zu schüren.

»Ich möchte diesen Song der Frau widmen, die heute Abend unseren Auftritt hier möglich gemacht hat«, schnurrte er in das Mikrofon. »Ich bitte euch um ein lautes Dankeschön für die Besitzerin des P3, Miss Piper Halliwell!«

Zufrieden verfolgte Dylan, wie Piper strahlte und Prue kochte.

Bald, sehr bald sogar, würde die Zeit kommen, das zu beenden, was er angefangen hatte.

»Du kannst ihn nicht haben! Er gehört mir!«

Die schrille Stimme übertönte das leise Gemurmel der Studenten, die die Thayer Hall dekorierten. Phoebe, die neben dem alten Kaminsims schwarzes Krepppapier aufgehängt hatte, fuhr zusammen. Wer kann das wohl sein?, fragte sie sich.

»Glaub ja nicht, du könntest mich ignorieren, Phoebe Halliwell«, fuhr die Stimme fort, diesmal etwas näher. »Brett gehört mir, und ich werde nicht zulassen, dass du ihn bekommst.«

Jetzt geht das schon wieder los!, dachte Phoebe, als sie endlich die zornige Stimme identifiziert hatte, die Bretts Exfreundin gehörte. Mit Brett war Phoebe allerdings seit ihrer kleinen Auseinandersetzung in dem Übungsraum nicht mehr allein gewesen, was ihr durchaus recht war.

Seufzend drehte sie sich zu Wendy Chang um und sah, dass Wendys Gesicht zornesrot angelaufen war und ihre Augen wütend blitzten. Ich frage mich, ob irgendetwas von dem, was ich sage, überhaupt zu ihr durchdringen wird, dachte Phoebe. Aber sie musste es trotzdem versuchen.

»Hör zu, Wendy«, sagte sie, nachdem sie sich für Offenheit entschieden hatte. »Du musst dir keine Sorgen machen. Ich will Brett nicht – wirklich.«

Wendy kniff die Augen zusammen. »Ich habe dich heute Nachmittag in dem Kostümgeschäft gesehen«, sagte sie anklagend. »Du hast dir dieses Lavendelkleid ausgeliehen, und ich weiß, dass du es nur genommen hast, weil du denkst, dass Brett dir darin nicht widerstehen kann!«

»*Was?*«, fragte Phoebe verdutzt. Sie hatte das lange Lavendelkleid nur ausgeliehen, weil es das Einzige war, das vage an die fünfziger Jahre erinnerte. Das eng anliegende Oberteil und der weite Rock kamen dem rosa Kleid nahe, das Charlotte getragen hatte, und mit einem Rheinsteindiadem konnte sie vielleicht als Prinzessin auf die Party gehen.

»Nun, es wird nicht funktionieren«, fuhr Wendy mit gepresster Stimme fort. »Denn egal, was du trägst, du kannst ihn nicht haben. Du kannst nicht mit Brett auf die Halloween-Party gehen. Er gehört mir.«

Ich habe dich schon beim ersten Mal verstanden, dachte Phoebe. Was stimmte nur mit diesem Mädchen nicht?

»Du irrst dich, Wendy«, versuchte es Phoebe erneut. »Ich versuche weder, Brett zu umgarnen, noch werde ich mit ihm auf die Party gehen, selbst wenn er mich fragen sollte.«

»Natürlich streitest du es ab« fauchte Wendy und trat ein paar Schritte näher, während sich ihre Hände zu Fäusten ballten und wieder öffneten. »Du bist so eine Lügnerin.«

Phoebe lief ein Angstschauder über den Rücken, als sie die Wand in ihrem Rücken spürte. Ihr Fluchtweg war abgeschnitten. Außerdem kannte sie die anderen Studenten des Dekorationskomitees nicht besonders gut. Würde ihr irgendjemand glauben, wenn sie etwas wie »Entschuldigung, aber wir haben eine Psychopathin hier« sagte?

Dann plötzlich rastete Wendy aus. Sie stürzte sich auf Phoebe, griff hinter ihren Rücken und riss die Krepppapierkette ab, die Phoebe gerade aufgehängt hatte.

»Genau das werde ich auch mit dir tun, wenn du versuchst, ihn mir wegzunehmen!«, schrie Wendy, während sie das Krepppapier in winzige Stücke riss und zu Boden warf.

»In Ordnung, das reicht«, sagte Stan Morrison in diesem Moment und griff nach Wendys Arm. Stan, groß, locker wirkend, war ein älterer Student und außerdem einer der Partyorganisatoren. »Ich schätze, du brauchst eine kleine Abkühlung«, sagte er mit freundlicher Stimme.

»Sag mir nicht, was ich zu tun habe!«, fauchte Wendy und versuchte Stans Hand abzuschütteln.

»Okay«, sagte Stan. »Jetzt beruhig dich erst mal.« Dann führte er Wendy aus dem Raum und rief mit einer knappen Kopfbewegung ein paar der anderen Studenten zu sich.

»Vergiss bloß nicht, was ich dir gesagt habe!«, schrie Wendy in Phoebes Richtung, während sie weggeführt wurde. »Halt dich fern von ihm oder du wirst es bereuen!«

»Wow«, machte ein Mädchen, das neben Phoebe stand, als Wendy außer Sicht war. »Glaubst du, sie ist auf irgendwas drauf?«

Nur auf ihrer eigenen Eifersucht, dachte Phoebe. Ob Prue und Piper genauso enden würden?

»Keine Ahnung«, sagte Phoebe zu dem Mädchen. »Ich hoffe nur, dass das, was ich gesagt habe, schließlich doch zu ihr durchdringt.«

»An Ihrer Stelle würde ich nicht damit rechnen«, sagte eine andere Stimme hinter Phoebe, die sie zusammenfahren ließ, bevor sie sich schließlich verlegen umdrehte.

Wie kam es nur, dass sich plötzlich jeder an sie heranschlich?

»Es tut mir Leid, Phoebe«, sagte Marjorie Yarnell, als sie Phoebes Gesichtsausdruck sah. »Ich wollte Sie nicht erschrecken.«

»Nun ja, willkommen im Club«, murmelte Phoebe, während sich Marjorie im Raum umsah. »All dieses schwarze Krepppapier«, sagte sie. »Es wirkt so ... düster.«

»Es ist dieselbe Dekoration wie 1958«, erklärte Stan fröhlich, der inzwischen in den Raum zurückgekehrt war. »Wir stellen einen Klassiker nach.«

Dann trat er an den Kassettenrecorder und legte eine Elvis-Kassette ein, während Marjorie Phoebe am Arm nahm und sie mit sich in eine Ecke des Raumes zog.

»Ich halte diese Party noch immer für eine schlechte Idee,

Phoebe. Ich finde, Sie sollten versuchen, dem ein Ende zu machen«, sagte Marjorie.

»Wie kommen Sie darauf, dass ich das kann?«, fragte Phoebe und deutete auf den Rest des Dekorationskomitees. »Diese Party war nicht meine Idee, deshalb sollten Sie vielleicht mit einem von denen da reden.«

Marjories Unterlippe bebte. »Sie werden mich nur für eine verrückte alte Frau halten«, erklärte sie. »Und ich dachte ... ich dachte, da Sie die Morde untersuchen, würden Sie verstehen, dass diese Party nur Unglück bringen kann.«

Phoebe musterte die ältere Frau neugierig. Noch immer wusste sie nicht, wieso die Berührung von Marjories Schulter ihre erste Vision ausgelöst hatte. »Warum sind Sie davon so überzeugt?«, fragte sie.

»Diese junge Frau aus unserem Kurs, die gerade hier war – wie heißt sie noch gleich?«, fragte Marjorie.

»Wendy«, antwortete Phoebe.

»Wendy. Sie ist eifersüchtig auf Sie, nicht wahr?«

Phoebe nickte, nicht ganz sicher, worauf Marjorie hinauswollte. Sie drehte doch wohl nicht auch noch durch?, fragte sie sich.

»Haben Sie je daran gedacht ...«, begann Marjorie, brach dann aber ab, so als würde sie überlegen, wie sie sich am besten verständlich machen konnte. »Je mehr ich über die Morde nachdenke«, fuhr sie schließlich fort, »desto mehr frage ich mich, ob es dabei nicht um Eifersucht ging. Was wäre, wenn jemand vorgehabt hatte, Betty und Ronald auseinander zu bringen?«

Phoebe dachte an den maskierten Geist auf dem Dachboden und an ihr Interview mit Dekan Williams. Dieser konnte jedoch unmöglich der Geist auf dem Dachboden sein, denn schließlich war er noch am Leben.

»Sie meinen, irgendein Kerl, der wütend war, weil Betty Ronald und nicht ihn liebte?«, fragte Phoebe.

Marjorie schwieg für einen Moment. »Ich weiß es nicht«,

sagte sie schließlich. »So jemand könnte es gewesen sein. Oder jemand wie Wendy Chang.«

»Sie meinen, Ronald hatte eine eifersüchtige Ex?«, fragte Phoebe und überlegte fieberhaft. Zwar hatte sie nichts gefunden, was auf eine Tat aus Eifersucht hindeutete, aber vielleicht hatte sie auch nur nicht die richtigen Fragen gestellt.

Persönlich würde Phoebe allerdings darauf wetten, dass der unbekannte Angreifer – der Mann mit der Maske – der Hauptverdächtige in Sachen Eifersucht war.

Da sie und Charlotte jedoch die Einzigen waren, die von dem Mann mit der Maske wussten, und Phoebe seine Existenz bis nach der Party geheim halten wollte, konnte sie Marjorie nichts davon sagen.

Erst wenn sich die Ereignisse des Jahres 1958 wirklich auf die Weise wiederholten, wie sie und Charlotte hofften, würde sie Marjorie und der ganzen Welt von ihm erzählen und Ronald Galvez Namen rein waschen.

»Ich denke, das ist eine interessante Theorie«, sagte Phoebe zu Marjorie. »Aber ich glaube nicht, dass das Grund genug ist, die Party abzusagen. Niemand macht sich über das lustig, was 1958 passiert ist, und wir wollen auch nicht respektlos sein. Sie werden sehen, dass nichts Schlimmes passieren wird. Um genau zu sein, wird der Ausgang der Party Sie vielleicht sogar überraschen.«

»Ich hoffe, Sie haben Recht«, sagte Marjorie, wobei sie nervöser klang als je zuvor. »Aber da ich sehe, dass nichts Ihre Meinung ändern kann, werde ich aufhören, Sie zu stören, und Sie weiterarbeiten lassen. Viel Glück, Phoebe.«

»Danke«, rief Phoebe Marjorie zu, die ihr bereits den Rücken zugekehrt hatte. Die letzten Worte der älteren Frau hatten sie ein wenig verwirrt, wenngleich sie sie natürlich zu schätzen wusste, da sie persönlich das Gefühl hatte, dass sie alles Glück würde brauchen können, das sie bekommen konnte.

Sie verfolgte, wie Marjorie durch die Tür ging und dabei fast mit einer Studentin zusammenstieß, die wie Phoebe zum

Dekorationskomitee gehörte. Es war das Mädchen, das sich über Wendy Changs Benehmen gewundert hatte.

Kaum hatte die Studentin den Raum betreten, blieb sie auch schon wieder stehen, während ihr Gesicht plötzlich kalkweiß wurde.

»Um Himmels willen«, sagte Phoebe und eilte zu ihr. »Was ist los? Was ist passiert?«

Hatte Wendy etwa jemanden verletzt?

Phoebe blieb stehen, als das Mädchen einen Arm hob und über Phoebes rechte Schulter deutete. Sie konnte kaum den Arm ruhig halten, so sehr zitterte sie am ganzen Körper. Phoebe fuhr herum und spürte, wie ihre eigenen Knie zu zittern begannen.

Dort an der Wand – genau an der Stelle, an der sie soeben noch gestanden und mit Marjorie über jene schreckliche Nacht des Jahres 1958 gesprochen hatte – sah Phoebe zwei Worte, die vorher noch nicht da gewesen waren.

Hütet euch!, stand da geschrieben.

In tropfenden roten Buchstaben.

9

Dylan lächelte ein Mädchen an, das in der Nähe der Bühne tanzte, aber er behielt dabei die Halliwell-Schwestern im Auge. Zuerst hatten sie sich finster angestarrt, dann schnippische Bemerkungen ausgetauscht und jetzt schienen sie, wie Dylan glaubte, kurz davor zu stehen, sich an den Haaren zu reißen.

Im Moment war Prue in Sabotagestimmung. Dylan hatte den ganzen Abend vergnügt verfolgt, wie sie ihr Bestes getan hatte, um kleine, aber ärgerliche »Unfälle« zu inszenieren, die Piper vollauf beschäftigt und ihre Aufmerksamkeit von Dylan abgelenkt hatten.

Vor ein paar Minuten hatte Prue einen Schritt zurück gemacht und war dabei »versehentlich« gegen eine Kellnerin gestoßen, die ein Tablett voller Drinks trug. Die Gläser waren hinuntergefallen und hatten den Boden sowie ein halbes Dutzend Gäste nass gemacht. Piper war sofort zur Stelle gewesen, um sich bei den Gästen zu entschuldigen und für die Beseitigung des Schlamassels zu sorgen.

Jetzt beobachtete Dylan, wie erneut ein Funkeln in Prues eisblaue Augen trat, als sie eine Frau mit streichholzkurzem Haar entdeckte, die einen weißen Wollanzug trug und mit zwei anderen Frauen an einem Tisch saß.

Ich möchte zu gern wissen, wer sie ist, dachte Dylan. Prue schien sie offensichtlich zu kennen, denn sie marschierte direkt auf sie zu.

Wieder änderte Dylan sein Hörvermögen, sodass die Musik seiner Band in den Hintergrund trat und er das Gespräch an dem Tisch belauschen konnte.

»Was meinst du, Raina«, fragte eine der anderen Frauen am Tisch, »wirst du für die Morgenausgabe eine gute Kritik über das P3 schreiben?«

Die Frau mit der Bürstenfrisur zuckte mit den Schultern. »So weit, so gut«, sagte sie. »Ich kann mich weder über das

Essen noch über die Musik beschweren, aber da wir noch kein Dessert hatten, ist mir ein abschließendes Urteil noch nicht möglich.«

Oh, ich wette, es wird ein denkwürdiges Dessert, sagte sich Dylan, als ein Kellner mit einem Tablett voller Kuchen und Pasteten direkt auf sie zumarschierte – dicht gefolgt von Prue.

Es war so perfekt, dass er es fast nicht ertragen konnte, die Szene zu beobachten.

Aber natürlich tat er es doch.

Der Kellner hielt den Frauen das Desserttablett hin und zeigte ihnen das Angebot des Abends, wobei er Prue nicht bemerkte, die sich neben ihm bückte, als würde sie den Riemen an ihrem Schuh festziehen. Eine Sekunde später richtete sie sich auf und stieß dabei wie zufällig mit der Schulter gegen das Tablett.

Der Kellner verfolgte entsetzt, wie es nach vorn kippte und die wunderschönen eisgekühlten Desserts in den Schoß der Kritikerin fielen.

»Sie Trottel!«, kreischte Raina. »Sie Idiot!«

Dylan empfand grimmige Bewunderung für Prue, als sie sich unauffällig davonmachte. Das war so raffiniert und so gut getimed gewesen, dass es fast eines Hexers würdig war. Er gab der Band ein Zeichen, die Lautstärke zu verringern, sodass die Stimme der Kritikerin im ganzen Club zu hören war.

»Warten Sie ab, was für eine Kritik dieser Club in der Morgenzeitung bekommt!«, wütete sie. »Niemand in der gesamten Bay Area wird noch einmal einen Fuß in diesen Laden setzen.«

Zufrieden registrierte Dylan den entsetzten Ausdruck auf Pipers Gesicht, der ihm bewies, dass die ganze Mühe es wert war.

»Nein!«, rief Piper und eilte an den Tisch der Kritikerin. »Bitte, ich möchte mich dafür entschuldigen. Und natürlich komme ich für die Reinigung Ihres Anzugs auf . . .«

Nicht schlecht, dachte Dylan. Aber es könnte noch spaßiger werden. Mal sehen, ob wir die Action nicht noch ein wenig erhöhen können …

»Prue Halliwell«, donnerte Pipers Stimme. »Ich verlange, dass du mich sofort hier rauslässt!«

Nur in deinen Träumen, dachte Prue. »Ich weiß nicht, wovon du sprichst«, rief sie durch die verschlossene Tür der P3-Personaltoilette. »Die Tür hat sich von allein hinter mir verriegelt, als ich sie schloss. Ich werde mal nachsehen, ob ich jemanden finde, der einen Schlüssel hat.«

Geschafft!, jubelte Prue. Das sollte Piper für eine Weile ausschalten. Und zwar für eine lange Weile, wenn es nach ihr ging. Mit einem Lächeln auf ihrem sorgfältig geschminkten Gesicht eilte Prue zurück zur Tanzfläche und vergaß dabei praktischerweise, nach einem P3-Angestellten mit einem Toilettenschlüssel zu suchen.

Ich werde mich später darum kümmern, sagte sie sich. Direkt nachdem Dylan mich gefragt hat, ob ich den Rest des Abends mit ihm verbringen will.

Und bis dahin beabsichtigte Prue, jede Sekunde zu nutzen, in der ihre Schwester nicht im Weg stand.

Prues Nerven vibrierten vor Erregung, als sie die Tanzfläche erreichte und erneut den perfekten Platz einnahm, von dem aus sie Dylan beobachten konnte, während er sang. Er hatte eine wirklich wundervolle Stimme, und Prue hätte schwören können, dass jedes Liebeslied nur für sie bestimmt war.

Alles in allem verlief der Abend gar nicht so übel, hatte sie doch einen Teil ihrer Zeit genutzt, um Dylans Auftritt zu verfolgen, und einen anderen Teil, um Piper aus dem Weg zu schaffen.

Ihre Schwester hatte ganz schön abgehetzt und erschöpft ausgesehen, als es ihr gelang, diese in der Toilette einzuschließen. Prue hingegen wusste, dass sie noch immer genauso gut aussah wie zu Beginn des Abends.

Sie tätschelte ihre perlenbesetzte Handtasche, in der der Schlüssel zur Toilette sicher versteckt war und wo er auch bleiben würde – bis ihr danach war, Piper herauszulassen.

In diesem Moment beendete Dylan den aktuellen Song und verbeugte sich zu dem brausenden Beifall des Publikums.

»Vielen Dank. Danke, Ladies and Gentlemen«, sagte er. Für einen Moment flaute der Applaus ab, schwellte aber erneut an, als Dylan die anderen Bandmitglieder vorstellte.

»Ich weiß, dass ich es schon zu Beginn unserer Show erwähnt habe«, fuhr er fort, als der Applaus verebbt war, »aber ich möchte noch einmal der Person danken, die uns die ganze Woche ihren Club zur Verfügung gestellt hat, die Besitzerin des P3, Miss Piper Halliwell. Piper – komm her und verbeug dich!«

Prues Schuldbewusstsein versetzte ihr einen kurzen Stich, als sie erkannte, dass Piper einen wohlverdienten Moment im Scheinwerferlicht verpasste. Aber nach genauso kurzer Zeit unterdrückte sie ihr schlechtes Gewissen wieder, schließlich gab es mit Sicherheit noch jede Menge anderer Bands, die Piper öffentlich danken würden. Mr. Richtig gab es jedoch nur einmal. Und nur einen Dylan Thomas.

»Wo ist sie? Wo ist Piper?«, hörte Prue Dylan fragen, als er den Scheinwerfer, der auf ihn gerichtet war, ins Publikum dirigierte. »Einen Moment – da kommt sie«, sagte er.

Nein!, dachte Prue. Das ist unmöglich!

Doch genau in diesem Augenblick stieg Piper auf die Bühne, trat neben Dylan und verbeugte sich. Prue hatte das Gefühl, ersticken zu müssen.

Wie war Piper so schnell aus der Toilette gekommen? Einer ihrer Angestellten musste sie gefunden haben, und jetzt drohten Prues Pläne zu scheitern, sofern sie nicht genauso schnell reagierte.

Sie drängte sich zur Bühne durch und erreichte sie, als Dylan und Piper gerade herunterstiegen.

»Gratuliere!«, sagte sie und strahlte Piper an, die ihrerseits lächelte und sich bei Dylan einhakte. »Hi, Prue«, sagte sie. »Geht es dir gut? Du siehst irgendwie seltsam aus.«

Haha, dachte Prue, während sie ein helles, falsches Lachen von sich gab. »Natürlich geht es mir gut«, sagte sie. »Aber was ist mit *dir?*«, fuhr Prue fort und richtete ihre Aufmerksamkeit auf Dylan. »Du musst doch jetzt erschöpft sein.«

»Eigentlich ist das genaue Gegenteil der Fall«, erklärte Dylan, als er sich bei Prue einhakte. Diese warf Piper hinter seinem Rücken einen triumphierenden Blick zu. »Ich schöpfe bei meinen Auftritten immer neue Kraft. Vor allem, wenn es so gut läuft wie heute Abend.«

»Ein Grund mehr, hinterher auszugehen«, warf Prue eilig ein, während sie sich an ihn lehnte. »Irgendwohin, wo es still und romantisch ist. Im Gegensatz zu hier.«

»Weißt du, Prue«, entgegnete Dylan, »das ist eine großartige Idee.«

Prue spürte, wie ihr Puls zu rasen begann. Sie war ziemlich sicher, dass sie wusste, was jetzt kam. Dylan würde sie fragen, ob sie mit ihm ausgehen wolle, und zusammen würden sie den Abend auf genau jene Weise beenden, die sie gerade beschrieben hatte. Sie konnte es kaum erwarten, Pipers Gesicht zu sehen, wenn er es tat.

Sie hörte Dylans Stimme, leise und verführerisch. »Also, was hältst du davon, wenn wir uns irgendwo einen stillen, romantischen Ort suchen – Piper?«

Prue fuhr zusammen, während ihr abwechselnd heiß und kalt wurde.

Er konnte unmöglich Piper gebeten haben, mit ihm einen romantischen Abend zu verbringen, oder? Schließlich hatte er doch gerade erst gesagt, dass er es für eine großartige Idee halte. Und nicht nur das, hier handelte es sich um *ihre* großartige Idee.

»Liebend gern, Dylan«, antwortete Piper. »Du hast doch nichts dagegen, Prue, oder?«

»Aber du kannst das P3 nicht einfach verlassen!«, stieß Prue hervor. Sie wusste, dass sie verzweifelt klang, aber es kümmerte sie nicht. »Es ist dein Club. Du bist verantwortlich dafür. Musst du hinterher nicht abschließen oder so?«

Piper schüttelte den Kopf. »Das kann mein Geschäftsführer für mich erledigen.«

»Aber ...«, wollte Prue protestierten, verstummte jedoch, als sie fühlte, dass Dylans wunderschöne blaue Augen auf ihr ruhten.

Was mache ich hier eigentlich?, fragte sie sich.

Es war eine Sache, in der Abgeschiedenheit ihres eigenen Hauses mit Piper um Dylan zu streiten, aber in der Öffentlichkeit um Dylan zu streiten, war – nun, das war etwas ganz anderes. Wenn sie jetzt weiterprotestierte, würde es sie nur kindisch und dumm erscheinen lassen.

»Ich hoffe, ihr habt eine schöne Zeit«, presste sie hervor, obwohl sie an den Worten fast erstickte. Zu ihrer Überraschung spürte sie, wie Dylans Finger über ihre strichen.

»Wir sehen uns dann morgen, ja?«, flüsterte er ihr ins Ohr.

»Das hängt davon ab, was heute Nacht passiert, nicht wahr?«, flüsterte Prue zurück.

Ihn morgen zu sehen war nicht ganz so gut, wie heute Nacht seine Auserwählte zu sein, aber es war immerhin etwas. Wenn Dylan Prue morgen anrief, würde sie wissen, dass sein Date mit Piper eine Pleite gewesen war, was sie eigentlich für das optimale Ergebnis hielt. Piper bekommt ihr Date, aber Dylan entscheidet sich trotzdem für mich, dachte sie. Dann wird Piper zugeben müssen, dass sie diesen kleinen Wettstreit verloren hat.

Als Prue Dylans Arm losließ und zurücktrat, bemerkte sie, dass er lächelte, sodass Prue beruhigt war.

In der Zwischenzeit hatte sie Besseres zu tun, als sich über die Tatsache zu ärgern, dass er die heutige Nacht mit Piper und nicht mit ihr verbringen wollte.

Zum Beispiel, dachte Prue, muss ich mir überlegen, wie ich Piper ihre Niederlage am besten unter die Nase reibe, wenn Dylan *mich* morgen anruft.

»Du hast also nichts dagegen, mit mir durch die halbe Stadt zu spazieren?«, fragte Dylan Piper.

»Nein, wirklich nicht«, sagte Piper, während sie Arm in Arm an Schaufenstern vorbeischlenderten, wie die verliebten Paare es immer in romantischen Filmen taten. »Normalerweise bin ich samstagnachts bis morgens um drei im Club. Für mich ist das eine großartige Abwechslung.«

»Spazieren zu gehen hilft mir nach einem Auftritt, wieder auf die Erde zurückzukommen«, gestand Dylan. »Außerdem ist es eine herrliche Nacht.«

Es war eine jener seltenen San-Francisco-Nächte ohne eine Spur von Smog, in der man die Sterne hoch über der Stadt funkeln sah. Piper blickte nach oben und lachte leise. Dylan mochte ja zur Erde zurückkehren, aber was sie betraf, so näherte sie sich mit jedem Schritt immer mehr den Sternen. Sie konnte sich nicht erinnern, wann sie zum letzten Mal so glücklich gewesen war.

»Nun«, sagte Dylan mit zögerlicher Stimme. »Glaubst du, ich könnte dich überreden, noch etwas weiter zu gehen?«

»Was hast du vor?«, fragte Piper und zog ihren Kaschmirschal enger um ihre Schultern.

Mit der Hand strich er sanft über ihren Wangenknochen. »Warum gehen wir nicht in mein Hotel?«

Pipers Herz schlug bei dem Vorschlag schneller.

Dylan hatte die Wahl zwischen den beiden ältesten Halliwell-Schwestern gehabt, und er hatte sich nicht für Prue entschieden. Er hatte sie gewählt. Und auf diese Weise hatte er das getan, was Pipers Überzeugung nach Prue am meisten treffen würde. Wenn sie herausfand, dass Dylan Piper in sein Hotel eingeladen hatte, würde Prue fuchsteufelswild werden.

Piper lächelte Dylan an. »Ich würde liebend gern dein Hotel sehen«, sagte sie. »Ist es weit?«

Dylan schüttelte den Kopf. »Wir können im Handumdrehen dort sein.«

Rund zwanzig Minuten später stand Piper im Wohnzimmer von Dylans luxuriöser Hotelsuite und blickte zu den Lichtern von San Francisco hinaus. Mit jeder Sekunde hatte Piper mehr und mehr das Gefühl, in einem Liebesfilm zu sein. Alles kam ihr absolut perfekt vor.

»Ich bin so froh, dass du hier bist«, sagte Dylan, der plötzlich neben ihr stand und seine Lippen sacht an ihren Hals drückte. Piper fuhr leicht zusammen, als ein Kribbeln durch ihren ganzen Körper lief. In diesem Moment verfing sich einer ihrer langen Rheinsteinohrringe an einer Haarsträhne.

»Autsch«, machte sie, nahm den Ohrring ab und zog dabei eine dicke Strähne aus dem Kamm, der ihre Haare zusammenhielt, sodass die ganze rechte Seite ihrer sorgfältig aufgetürmten Frisur jetzt über ihr Ohr fiel.

»Äh, ich muss mein Haar herrichten«, sagte sie.

»Nicht ...« Dylans Finger umkreisten ihr Handgelenk. »Es sieht großartig aus, irgendwie wild.«

Piper wusste, dass sie schrecklich aussah, was ein ernstes Hindernis dafür war, sich wie die Heldin eines Liebesfilms zu fühlen. »Es dauert nur eine Minute«, versprach sie, entzog sich Dylans Griff und ging ins Badezimmer.

Dann schloss sie die Badezimmertür hinter sich und schaltete das Licht ein. »Filmstar, ha. Ich sehe wie ein Clown aus«, murmelte sie, als sie eine Bürste aus ihrer Tasche nahm und ihre Frisur ordnete.

Sie beugte sich nach vorn und sah genauer in den Spiegel. Ihr Gesicht kam ihr irgendwie verändert vor. Ihr Mund hatte einen harten, fast gemeinen Zug, und da war etwas Kaltes in ihren Augen, das sie nie zuvor bemerkt hatte.

Von dem plötzlichen Drang erfüllt, wieder mehr sie selbst zu sein, nahm sie ihre Rheinsteinkette ab und steckte sie in ihre Handtasche. Was geschieht mit mir?, fragte sie sich. Und was mache ich hier?

Es war nicht so, dass sie nicht mehr mit Dylan zusammen sein wollte. Sie wollte es noch immer. Oder zumindest dachte sie das. Aber jetzt, da sie nicht mehr Dylans überwältigender körperlicher Präsenz ausgesetzt war, hatte Piper das Gefühl, aus einem langen seltsamen Traum zu erwachen. Ohne Dylan an ihrer Seite konnte sie sich kaum noch erinnern, warum er ihr so wichtig gewesen war.

Es sind bloß die Nerven, das ist alles, sagte sie sich. Dylan *war* ihr wichtig. Er musste es sein. Hatte sie sich nicht wegen ihm mit ihrer älteren Schwester zerstritten?

Außerdem habe ich seinetwegen Phoebe ignoriert, dämmerte es Piper plötzlich. Sie rieb sich die Stirn, so als wolle sie ihr Gehirn ermuntern, wieder in den alten, vertrauten Bahnen zu denken.

Phoebe hatte ihr etwas erzählen wollen und sie um etwas gebeten, doch Piper konnte sich nicht einmal erinnern, was dieses Etwas gewesen war.

Ein leises Klopfen an der Badezimmertür riss sie aus ihren Gedanken. »Piper? Ist alles in Ordnung?«

»Alles okay«, rief sie. »Ich bin gleich fertig.«

Eilig wusch sie sich das Gesicht, froh, das Make-up loszuwerden. Sie hatte das dringende Bedürfnis, wieder sie selbst zu sein – was immer das auch war.

Sie holte tief Luft und kehrte ins Wohnzimmer zurück, wo sie einen leisen Knall hörte. Als sie erschrocken herumfuhr, sah sie Dylan auf der anderen Seite des Zimmers mit einer frisch geöffneten Flasche Champagner in der Hand stehen.

»Ich dachte, wir sollten diese unglaubliche Nacht mit etwas Besonderem feiern«, sagte er.

Piper sah zu, wie er den goldenen, perlenden Champagner in zwei elegante Kelchgläser goss.

Der Champagner muss bereits in dem Hotelzimmer gewesen sein, und ich habe es nur nicht bemerkt, sagte Piper zu sich, während sie verfolgte, wie Dylan die Flasche in den silbernen Eisbehälter stellte, der auf dem Tisch stand. Sie erinnerte sich nicht daran, den Zimmerservice gehört zu haben.

Das konnte nur bedeuten, dass Dylan den ganzen Abend vorhergeplant hatte, und zwar vom Konzert bis hin zu den romantischen Kerzen, die überall in der Suite brannten, und der Kristallvase mit den langstieligen roten Rosen auf einem Tisch mit Marmorplatte.

Piper erinnerte sich, wie selbstgefällig Prue wegen der weißen Rosen gewesen war, die Dylan ihr im P3 geschenkt hatte, und wie eifersüchtig sie selbst gewesen war. Plötzlich drängte sich ihr eine entsetzliche Frage auf.

Spielte es für Dylan überhaupt eine Rolle, mit welcher Halliwell-Schwester er zusammen war? Prue trug Rot, Piper Schwarz. Weiße Rosen waren eine ziemlich sichere Wahl, ganz gleich, was sie trugen. Hatte Dylan spontan entschieden, welcher Schwester er die Rosen schenken würde?

Piper betrachtete Dylans Spiegelbild in den Fenstern, als er zu ihr kam, wobei er zwei Champagnergläser mühelos auf einer Hand balancierte. Mit der anderen zog er eine Rose aus der Vase und strich mit der blutroten Blüte langsam über Pipers nackten Rücken, als er zu ihr getreten war.

Sie schauderte bei der Berührung der samtigen Blütenblätter.

Sanft, aber nachdrücklich drehte Dylan ihr Gesicht zu sich, bevor er ihr eins der Champagnergläser reichte. »Auf den Erfolg dieses Abends«, sagte er und prostete ihr mit seinem Glas zu.

Piper stieß mit ihm an, doch schon nach dem ersten Schluck Champagner drehte sich ihr der Kopf. Plötzlich kam ihr der Raum viel zu eng vor – und Dylan verstärkte diesen Eindruck noch. Er trat einen Schritt näher und beugte den Kopf.

Er will mich küssen, dachte Piper und wich in allerletzter Sekunde zurück.

»Äh ... warte!«, rief sie, wobei sie zu ignorieren versuchte, wie unglaublich lahm sie klang.

»Warten?«

Sie nickte, während sie fieberhaft nach einer Ausrede suchte. »Ich ... ich habe heute vor der Arbeit nichts gegessen«, sagte sie hastig. »Deshalb ist mir dieser kleine Schluck Champagner sofort zu Kopfe gestiegen, und ich ... mir ist gerade eingefallen, dass ich meine Kette im Badezimmer vergessen habe.« Das ergibt überhaupt keinen Sinn, dachte sie, redete aber trotzdem weiter. »Ich hole sie besser. Ich bin gleich zurück.«

Dylans Gesicht war undurchdringlich, als er sie musterte. Wahrscheinlich hielt er sie für verrückt.

Piper stellte ihr Champagnerglas ab und eilte zurück ins Bad. Dort angekommen schloss sie die Augen und drückte ihre Stirn an das kühle Glas des Spiegels.

Als sie ihre Augen wieder öffnete und ihr Spiegelbild betrachtete, stellte sie fest, dass ihr Blick zwar jetzt wieder normal wirkte, ihr Mund aber noch immer diese Härte zeigte. Was passierte nur mit ihr? Eilig nahm sie die Rheinsteinkette aus ihrer Handtasche und legte sie an.

Dann öffnete Piper lautlos die Badezimmertür und spähte hinaus, aber sie konnte Dylan nirgendwo sehen.

Vielleicht füllt er sein Champagnerglas nach, dachte sie, als ihr Blick auf ihres fiel, das noch immer auf dem Tisch stand, auf dem sie es abgestellt hatte.

Im nächsten Moment wich Piper einen Schritt zurück und schlug sich die Hand vor den Mund, um einen überraschten Ausruf zu unterdrücken.

Sie konnte sehen, dass jetzt auch Dylan neben dem Tisch stand. Aber er war nicht herangetreten, sondern plötzlich wie aus dem Nichts aufgetaucht. Und nach Pipers Erfahrung konnte es dafür nur eine Erklärung geben:

Dylan Thomas war ein Hexer!

Kein Wunder, dass ich ihn nicht küssen wollte, dachte Piper. Ihre Instinkte mochten etwas lange gebraucht haben, aber sie hatten sie gerade noch rechtzeitig gewarnt.

Piper verfolgte, wie Dylan einen schwarzen Samtbeutel aus der Innentasche seines Jacketts zog, ihn öffnete und ein wenig von einem hellroten Pulver in seine Hand schüttete. Mit der anderen Hand hielt er ihr Champagnerglas vor eine der brennenden Kerzen. »Bei Dunkelheit und bei Licht, bei der Flamme vor meinem Gesicht, meins soll das Herz der

Hexe werden, für jetzt und alle Zeit auf Erden«, murmelte Dylan, als er das Pulver in das Glas rieseln ließ.

Mit hämmerndem Herzen beobachtete Piper, wie die Luft über ihrem Glas funkelte, zuerst weiß, dann rot und dann schwarz.

So macht er das also, stellte sie fest. Er hatte ihr irgendeinen Zaubertrank gegeben, und sie war bereit, ihren letzten Cent darauf zu verwetten, dass er dasselbe mit Prue gemacht hatte. Kein Wunder, dass sie sich um ihn stritten! Er hatte sie kontrolliert und sie die ganze Zeit gegeneinander ausgespielt.

Piper schauderte, als sie daran dachte, wie gut Dylans Plan funktioniert hatte.

»Auf den Erfolg des Abends«, hörte sie ihn murmeln, als er den Beutel zurück in die Tasche seines Jacketts steckte. Piper spürte, wie ihr Blut kochte – diesmal vor Zorn.

Das werden wir noch sehen, schwor sie sich. Lautlos schlüpfte sie aus dem Bad zurück ins Wohnzimmer, wo sie ihre Hand hob, um die Zeit anzuhalten.

Sie lächelte, als der gut aussehende Hexer erstarrte, das Champagnerglas auf halbem Weg zu seinem Mund.

Eilig griff Piper nach ihrem Schal und machte sich davon, wobei sie der Versuchung widerstand, auf dem Weg nach draußen die Vase mit den langstieligen roten Rosen auf Dylans Kopf zu zertrümmern.

Er wird noch früh genug herausfinden, dass ich weg bin, sagte sie sich. Und in der Zwischenzeit fahre ich nach Hause und erzähle Prue die Wahrheit über Dylan.

Spätnachts drehte sich Phoebe auf der Couch auf den Bauch, um es sich bequemer zu machen, während sie fernsah. Kommen Prue und Piper denn gar nicht mehr nach Hause?, fragte sie sich. Zwar waren die beiden in letzter Zeit keine große Hilfe gewesen, aber sie war bereit, darüber hinwegzusehen. Heute Nacht musste sie wirklich mit ihnen reden.

Phoebe musste zugeben, dass die Ereignisse während

ihrer Dekorationsaktion sie entmutigt hatten. Selbst als Stan Morrison zurückgekommen war und die Worte »Hütet euch« abgewischt hatte, hatte sie diese jedes Mal, wenn sie die Wand ansah, vor ihrem geistigen Auge gesehen. Wie die Warnung dorthin gekommen war, wusste sie nicht; auch war ihr nicht klar, ob Wendy sie geschrieben hatte oder ob sie eine Botschaft von dem maskierten Geist war.

So oder so, sie war extrem dankbar gewesen, als Stan sie nach Hause geschickt hatte. Trotz ihrer beruhigenden Worte zu Marjorie Yarnell bekam Phoebe allmählich eine Heidenangst vor dem, was morgen Nacht möglicherweise geschehen würde, und sie wusste, dass es nur eine Möglichkeit gab, die Angst zu vertreiben: Sie brauchte die Unterstützung ihrer Schwestern.

Zu schade, dass sie nicht da waren, um sie ihr zu geben.

Phoebe spürte, wie ihr ein eisiger Luftzug über den Rücken strich. Auch das noch, dachte sie verärgert. Die Heizung funktioniert wieder nicht richtig. Halliwell Manor war ein altes Haus, in dem die Heizung und Installationen stets zur unpassendsten Zeit versagten.

Als Phoebe einen zweiten eisigen Luftzug spürte, entschied sie, den Thermostat zu überprüfen. Mürrisch stand sie auf, drehte sich um und erschrak.

Denn dort hinter der Couch stand der maskierte Geist vom Dachboden und wartete auf sie.

Phoebe erstarrte mit hämmerndem Herzen. Offenbar hatte der Gegenzauber, den sie benutzt hatte, den Geist nur abgeschreckt und nicht für immer vertrieben.

»Ich habe dich heute erneut gewarnt«, flüsterte die Gestalt mit einer Stimme, die Phoebes ganzen Körper mit Gänsehaut überzog. »Ich habe dich gewarnt! Aber du wolltest nicht hören. Jetzt wirst du dafür bezahlen.«

Mit diesen Worten stürzte sich der Geist auf sie.

Phoebe wich zurück und stolperte dabei fast über den Couchtisch. Jetzt ist wohl kaum die richtige Zeit, um zu vergessen, wie das Wohnzimmer eingerichtet ist, schalt sie sich im Stillen. Dieses Gespenst zu überlisten sollte mir ein Leichtes sein, schließlich ist dies hier mein Haus.

Das einzige Problem war, dass Geister Dinge tun konnten, die Phoebe nicht beherrschte, wie zum Beispiel direkt durch die Möbel zu gehen. Das Messer in der Hand des Geistes pfiff durch die Luft, als er es auf Phoebe zuwarf.

Auch wenn der Geist körperlos ist, dachte Phoebe, als sie in den Flur floh, sein Messer scheint äußerst real zu sein.

»Wer bist du?«, schrie sie. »Was willst du?«

»Hüte dich!«, donnerte der Geist, während er immer näher kam. »Hüte dich!«

Dann stürzte er sich auf sie.

10

Phoebe machte kehrt und rannte zur Haustür. Dort angekommen wollte sie gerade nach dem Knauf greifen, als sich die Tür zu ihrer Überraschung öffnete und Piper über die Schwelle trat.

»Phoebe, Prue, ich bin . . .!«, rief Piper und unterbrach sich selbst, als die den Geist erblickte und instinktiv die Hände hochriss. Phoebes Verfolger erstarrte mitten in der Bewegung, in der erhobenen Faust das Messer, das im hellen Licht des Flures schimmerte.

Vorsichtig ging Piper um ihn herum und warf Phoebe einen fragenden Blick zu. »Schlechtes Date gehabt?«

»Haha«, antwortete Phoebe. »Sehr witzig.«

»Im Ernst, Phoebe«, sagte Piper und schloss die Tür. Dann trat sie einen Schritt näher und erschauderte, als sie das Messer genauer betrachtete. »Was geht hier vor? Wer ist dieser Kerl?«

»Ich weiß nicht einmal, ob er ein Kerl ist«, erwiderte Phoebe. »Aber er passt eindeutig in die Kategorie mordlustiger Geist. Und was hier vor sich geht, versuche ich dir schon seit Tagen zu erzählen, denn genau das ist der Grund, wieso ich deine und Prues Hilfe brauche.«

»Okay, okay«, sagte Piper. »Es tut mir Leid.« Ihre Gesichtszüge verhärteten sich, als sie den Geist anstarrte. »Also, Phoebe, wie kommt es, dass ein Geist hinter dir her ist?«

»Ich denke, er will nicht, dass ich ihn als den wahren Verantwortlichen für die Halloween-Morde entlarve«, erwiderte Phoebe und betrachtete den Geist mit einem zweifelnden Gesichtsausdruck. »Wie lange wird er so eingefroren bleiben?«

»Das weiß ich nicht genau«, gab Piper zu. »Also beeil dich lieber.«

Hastig informierte Phoebe Piper über die Ergebnisse ihrer Nachforschungen.

»Wow!«, machte Piper, als Phoebe zu Ende erzählt hatte. »Jetzt verstehe ich, warum du unsere Unterstützung wolltest. Klingt nach einer ernsten Angelegenheit. Also, sollen wir den grausigen Geist in seine Einzelteile zerlegen?«

»Die Versuchung ist groß, aber das können wir nicht tun«, sagte Phoebe. »Wenigstens jetzt noch nicht. Wer auch immer dieser Geist ist, er muss morgen Nacht dabei sein, damit ich herausfinden kann, was damals wirklich passiert ist.«

»Nun, wenn du meinst«, sagte Piper zweifelnd.

»Aber gut wäre es, wenn wir ihn aus dem Haus verbannen könnten«, fuhr Phoebe fort. »Ich habe es allmählich satt, ständig überfallen zu werden.«

»Also verbannen wir ihn«, nickte Piper. Doch kaum hatte sie diese Worte gesagt, bewegte sich der Geist wieder und griff Phoebe an.

»Nicht so voreilig, Kumpel!«, rief Piper und fror ihn erneut ein. »Schnell, Phoebe!«, befahl sie. »Nimm meine Hand.«

Glücklich, zumindest eine ihrer Schwestern wieder auf ihrer Seite zu haben, ergriff Phoebe Pipers Hand. Jetzt musste sich ihnen nur noch Prue anschließen, damit sich die Lage wieder normalisierte und Phoebe sich endlich entspannen – oder zumindest besser fühlen – konnte.

Mit leiser Stimme intonierte Piper eine Beschwörung, in die Phoebe schließlich einfiel und dadurch Pipers Kräfte verstärkte. »Zurück mit dir ins Reich der Finsternis. Aus diesen vier Wänden verbanne ich dich. Erscheine niemals wieder in meinem Heim. So will ich es und so soll es sein.«

Der Geist bewegte sich erneut, doch bevor er sich auf Phoebe und Piper stürzen konnte, zeigte die Beschwörungsformel ihre Wirkung, und er verschwand mit einem lauten Geheule, das Wut und Verzweiflung verriet.

»He, nicht schlecht für die Macht der zwei!«, jubelte Piper, doch Phoebe unterbrach sie.

»Einen Moment«, sagte sie und trat vorsichtig an die Stelle, an der sich soeben noch der Geist befunden hatte. »Er hat etwas zurückgelassen.«

Sie kniete nieder, um das Messer aufzuheben, das auf den Korridorboden gefallen war. Phoebe war sich absolut sicher gewesen, dass es real war, und sie hatte Recht. Jetzt hielt sie es in der Hand, und eine Vision traf sie wie ein Blitz.

Phoebe erstarrte, als die vertraute Umgebung von Halliwell Manor um sie herum verblasste. Wo bin ich?, fragte sie sich. Doch dann wurde es ihr schockartig klar.

Sie war in der Thayer Hall im Jahr 1958 – und zwar auf der Halloween-Party.

Die Vision war nicht nur unglaublich detailliert, sondern auch eine der intensivsten, die Phoebe je erlebt hatte, und es schien, dass sie nicht mehr nur bloße Zuschauerin war. Jetzt kam es ihr beinahe so vor, als wäre sie ein Teil der Szenerie. Die Wände waren mit schwarzem Krepppapier geschmückt. Kürbislaternen flackerten und warfen unheimliche Schatten durch den Raum, und auf einem langen Tisch waren Kekse ausgelegt, die die Form von Kürbissen und schwarzen Katzen hatten. Die Uhr an der Wand stand auf Viertel vor zwölf, und überall um sie herum waren Pärchen in Halloween-Kostümen, die zu einem vertrauten Song tanzten – »Earth Angel«.

Phoebe schien sich langsam durch die Menge zu bewegen, als würde sie nach etwas oder jemandem suchen. Dann entdeckte sie die beiden: einen hoch gewachsenen, gut aussehenden Piraten und eine Prinzessin mit einem funkelnden Diadem und einem langen hellen Lavendelkleid. Es waren Ronald Galvez und Betty Warren.

Die zwei sahen keineswegs wie ein Paar kurz vor der Trennung aus, sondern waren offensichtlich sehr verliebt, vorausgesetzt, Phoebe deutete den Ausdruck auf ihren Gesichtern richtig. Phoebe rückte etwas vor und war schließlich nah genug, um Ronalds Stimme zu hören.

»Lass uns von hier verschwinden«, murmelte er.

Betty nickte, und Ronald nahm ihre Hand und führte sie von der Tanzfläche hinunter ins Hinterzimmer.

Genau in diesem Moment schien das Bild vor Phoebes Augen zu verschwimmen, und sie glaubte schon, dass ihre

Vision zu Ende sei und sie in die Gegenwart zurückkehrte. Doch als sie wieder klar sehen konnte, war sie noch immer auf der Party, wenngleich Betty und Ronald verschwunden waren. Dafür tauchte aber jemand anders auf: Charlotte in ihrem langen rosa Kleid.

Phoebe verfolgte, wie sie sich mit entschlossenem Gesichtsausdruck ihren Weg über die Tanzfläche bahnte und schließlich ebenfalls in dem Hinterzimmer verschwand.

Sekunden später gellten Schreie los.

Entsetzt beobachtete Phoebe, wie Betty zurück auf die Tanzfläche wankte, die Vorderseite ihres Kleides war voller Blut.

»Ronald«, keuchte sie. »Ronald ... rette ... Charlotte!« Dann brach sie zusammen, und alles um Phoebe herum wurde erneut undeutlich.

Als sie wieder klar sehen konnte, stellte sie fest, dass sie sich in dem Hinterzimmer befand, dem eigentlichen Tatort der Morde. Charlotte Logan lag auf dem Boden, aus verschiedenen Wunden an ihrer Brust und ihrem Bauch floss hellrotes Blut.

Über ihr stand Ronald Galvez – mit einem blutigen Messer in der Hand.

Dann wurde Phoebe schwarz vor Augen, und als sie wieder zu sich kam, stand sie zu Hause im Flur, und Piper hatte die Arme um sie gelegt.

»Phoebe, was ist los?«, flüsterte Piper. »Ich habe noch nie erlebt, dass du derart stark auf eine Vision reagiert hast. Du hast gezittert und laut geschrien.«

»Ich habe es gesehen«, flüsterte Phoebe. »Ich habe die Mordszene gesehen, Piper.«

»Hast du gesehen, wer es getan hat?«, fragte Piper, während sie Phoebe in die Küche führte, wo sie ihre Schwester auf einen der Stühle am Küchentisch setzte und dann den Wasserkessel auf den Herd stellte.

Phoebe schüttelte den Kopf. »Ich glaube nicht«, sagte sie schließlich. »Ich habe gesehen, was alle für den Tathergang *halten*, aber ich bin der Ansicht, dass das nicht alles ist. Da steckt wesentlich mehr dahinter, und ich wünschte, ich könnte noch einmal mit Charlottes Geist reden und sie nach dem maskierten Mann fragen. Ich will wissen, wieso er mich verfolgt.« Piper nahm zwei Tassen aus dem Schrank und steckte je einen Teebeutel hinein. »Sollen wir beide versuchen, Charlotte zu beschwören?«

Phoebe schüttelte erneut den Kopf. »Ich habe es bereits versucht. Sie hat nicht reagiert, so als wäre sie woanders.«

»Nun gut«, entgegnete Piper mit sanfter Stimme, »dann werden wir eben morgen Nacht herausfinden, was wirklich passiert ist.«

»Ich bin froh, dass du hier bist«, sagte Phoebe und drückte die Hand ihrer Schwester.

»Glaub mir, ich auch«, entgegnete Piper. Der Kessel pfiff, und sie trat an den Herd und goss heißes Wasser in die Tassen. »Jetzt müssen wir nur noch dafür sorgen, dass Prue wieder normal wird.«

»Es wäre gut, wenn sie uns morgen Nacht Rückendeckung geben könnte«, stimmte Phoebe zu. »Nur für den Fall, dass irgendetwas schief geht.«

»Was zum Beispiel?«, wollte Piper wissen.

»Ich weiß nicht«, antwortete Phoebe, doch Piper gab sich damit nicht zufrieden.

»Irgendetwas beunruhigt dich doch«, sagte sie und zog eine Braue hoch.

Phoebe nickte und nahm dann einen Schluck Tee aus ihrer Tasse. »In meiner Vision ...«, begann sie zögernd, »trug eins der Mädchen, die ermordet wurden ... dasselbe Kostüm, das ich mir heute Nachmittag ausgeliehen habe ...«

»Prue, hast du überhaupt ein Wort von dem gehört, was ich gesagt habe? Du kannst nicht mit Dylan ausgehen! Es ist zu gefährlich. *Er ist ein Hexer!*«

Prue knallte ihre Haarbürste auf die Anrichte im Badezimmer. »Nein, ich habe dir nicht zugehört, Piper«, sagte sie. »Ich habe dir beim Frühstück nicht zugehört, ich habe dir beim Mittagessen nicht zugehört und ich werde dir ganz bestimmt nicht jetzt zuhören.«

»Aber . . .«, begann Piper, doch Prue schnitt ihr das Wort ab, indem sie aus dem Bad in ihr Zimmer rauschte, um sich für ihr Sonntagabendrendezvous anzuziehen.

Piper verzweifelte allmählich. Sie hatte den ganzen Tag versucht, Prue die Augen zu öffnen, aber ihre Worte waren so wirkungslos gewesen, dass sie genauso gut zu einer Wand hätte reden können. Prue weigerte sich hartnäckig, ihr zu glauben – sie weigerte sich sogar, ihr zuzuhören!

Piper spürte einen Funken Hoffnung, als sie Phoebe die Treppe heraufkommen sah, einen Kleiderbeutel aus Plastik in der Hand. »Wie ist es gelaufen?«, fragte sie.

»Gut und schlecht«, erwiderte Phoebe. »Ich habe für dich und Prue Kostüme aufgetrieben, aber es war nichts Passendes mehr für mich dabei. Letzte Minute, Halloween und so weiter. Also bleibt mir nur das Lavendelkleid.«

»Was hast du für mich besorgt?«, fragte Piper, um sich vorübergehend von der Prue-Krise abzulenken.

Phoebe hielt ein weißes Katzenkostüm hoch, komplett mit einem falschen Diamanthalsband. »Ich weiß, es ist ein wenig billig, aber . . .«

»Es ist okay«, sagte Piper. »Und was ist mit Prue?«

Phoebe grinste. »Sie wird mich umbringen« sagte sie und hielt ein schwarzes Hexenkostüm samt spitzem schwarzem Hut hoch.

Piper lachte. »Nun, es heißt, dass das Offensichtliche die beste Verkleidung ist.«

»Das könnt ihr vergessen«, sagte Prue in diesem Moment und trat aus ihrem Zimmer. Sie trug ein enges eisblaues Kleid, das perfekt zur Farbe ihrer Augen passte. »Ich gehe heute Abend nirgendwohin, abgesehen von meinem Date mit Dylan natürlich.«

Piper seufzte. »Sagt dir das Wort *Hexer* irgendetwas?«

»Ich weiß, was du vorhast«, konterte Prue. »Du hast dein Date mit Dylan vermasselt, und deshalb versuchst du jetzt, es mir auch zu verderben. Aber das wird nicht funktionieren, Piper. Du hattest deine Chance, und mein Date mit Dylan fängt in dreißig Minuten an. Ich werde hingehen, und du kannst mich nicht daran hindern.«

»Was ist mit mir?«, fragte Phoebe. »Ich brauche dich heute Abend auf der Halloween-Party. Es ist wichtig. Wenn ich nicht von dir und Piper Rückendeckung bekomme, könnte jemand – zum Beispiel ich – getötet werden.«

»Ich meine es ernst, Piper«, fuhr Prue fort, wobei sie Phoebes Worte völlig ignorierte. »Dylan gehört jetzt mir. Du wirst dich damit abfinden müssen.«

Bei der Erwähnung von Dylans Namen spürte Piper eine weiß glühende Hitze durch ihren Körper wallen. Dylan gehörte nicht Prue, und sie würde es ihr beweisen! Sie würde ... Piper holte tief Luft und kämpfte gegen das verrückte Durcheinander ihrer Gefühle an.

Es waren sowieso nicht *ihre* Gefühle, das wusste sie jetzt. Sie waren das Ergebnis von Dylans Zauber und des Pulvers, das er ihr verabreicht hatte.

Unglücklicherweise war es ihr bislang nicht gelungen, Prue von Dylans wahrer Natur zu überzeugen, und jetzt konnte sie nur noch hoffen, dass ihr Versagen keine fatalen Folgen hatte. Piper konnte sich nur einen Grund für Dylans Handlungsweise vorstellen: Er wollte die Kräfte der zauberhaften Hexen.

»Wartet nicht auf mich«, rief Prue, als sie zur Tür hinausrauschte.

Phoebe sah Piper nervös an. »Sollen wir zur letzten Maßnahme greifen?«

»Wir haben keine andere Wahl«, antwortete Piper mit grimmiger Stimme.

Dann nahm sie Phoebes Hand, und die beiden stimmten flüsternd einen Singsang an:

»Mond über Wasser, ändre die Gezeiten der See,
Mond über Land, vollbring die Änderung, die ich erfleh.
Befreie jene, die unter dem Bann des Hexers steht ...«

»Ihr wagt es tatsächlich, eure Kräfte gegen mich einzusetzen?«, unterbrach Prues wutentbrannter Schrei ihren Singsang. »Schön, dann habt ihr *das* auch verdient ...«

Mit diesen Worten hob sie die Hände, und Piper und Phoebe flogen rückwärts die Treppe hinauf und durch die offene Dachbodentür.

Während Piper mit einem dumpfen Laut auf dem Boden aufschlug, landete Phoebe etwas weicher auf dem alten Sofa. Dann fiel die Dachbodentür mit solcher Wucht ins Schloss, dass die Fenster klirrten.

»Wow«, machte Phoebe und blinzelte. »Ich bin noch nie zuvor von Prues telekinetischen Kräften getroffen worden. Das war beeindruckend.«

»Wem sagst du das«, brummte Piper und rieb sich ihr Hinterteil.

Phoebe stand auf, ging hinüber zur Dachbodentür und drückte die Klinke.

»Abgeschlossen?«, vermutete Piper.

Phoebe nickte. Piper trat ans Fenster und starrte hinunter auf die Straße, wo Prue soeben mit dem Auto wegfuhr.

Sie spürte, wie eine Woge der Verzweiflung über ihr zusammenschlug. »Sei vorsichtig, Prue«, flüsterte sie. »Bitte, bitte, sei vorsichtig.«

11

Prue hatte kaum Zeit, sich in der luxuriösen Hotelsuite umzusehen, bevor Dylan sie in seine Arme zog. »Du bist unglaublich«, murmelte er.

Sie verlor sich im warmen Moschusduft seines Rasierwassers, als seine Lippen ihre zu einem leidenschaftlichen Kuss trafen. Wenn jetzt noch Piper sie sehen könnte, wäre der Moment perfekt.

Dylans Lippen wanderten zur Seite ihres Halses, bis er seinen Finger unter ihre Halskette schob. »Nimm sie ab«, flüsterte er heiser. »Sie ist mir im Weg.«

Prue löste sich von ihm, um sich zu sammeln und ihn gleichzeitig ein wenig zu reizen. »Okay«, sagte sie. »Ich bin gleich wieder zurück.«

Ehe er protestieren konnte, verschwand sie im Bad. Sie würde die Halskette ablegen, aus ihren hochhackigen Schuhen schlüpfen und ihre geflochtenen Haare öffnen. Wenn sie ins Wohnzimmer der Suite zurückkehrte, würde Dylan wissen, dass sie ernsthaft bereit war für jede Form von Romantik.

Sie nahm die Kette ab und löste dann ihr Haar, aber ihr Spiegelbild ließ sie innehalten. Ihr Gesicht sah irgendwie verändert aus. Da war etwas Kaltes und Berechnendes in ihrem Blick. Seit wann?

Sie blieb für einen Moment bewegungslos stehen und dachte darüber nach. Dieser Ausdruck existierte schon eine ganze Weile, erkannte sie. Seit sie Dylan kennen gelernt hatte. Sie fragte sich, ob man sich so verändern konnte, nur weil man sich in einen Mann verliebt hatte.

Sie beugte sich nach vorn und betrachtete ihr Spiegelbild eingehender. Jetzt, da sich eine Tür zwischen ihr und Dylan befand, beruhigte sie sich allmählich. Sie merkte, dass sie nicht mehr ganz so verrückt nach ihm war.

Doch Dylan war da draußen und so gut aussehend wie immer. Aber Aussehen ist nicht alles, erinnerte sich Prue.

Um genau zu sein, ist es nicht mehr als Glück mit den Genen.

Dylan hat allerdings enormes Glück gehabt, dachte Prue. Er ist nicht nur hübsch, sondern auch noch talentiert und humorvoll und charmant. Aber dennoch hatte irgendetwas an ihm die Alarmglocken in ihrem Hinterkopf ausgelöst.

Vielleicht, weil er sie nicht, wie zuvor besprochen, zum Abendessen ausgeführt, sondern sie überredet hatte, direkt mit ihm auf sein Hotelzimmer zu gehen. Angeblich wollte er ihr die Aussicht zeigen, aber in dem Moment, als sie die Suite betreten hatte, war ihr klar gewesen, dass Dylan gar nicht an der Aussicht interessiert war.

Prue fragte sich, ob er vielleicht einfach zu schnell vorging. Andererseits hatte sie doch genau das gewollt – mit Dylan allein sein.

Jetzt, da sie es war, stellte Prue fest, dass sie sich wünschte, woanders zu sein – an einem Ort mit einer Menge anderer Menschen.

»Was ist los mit mir?«, fragte sie ihr Spiegelbild.

Aber es kam keine Antwort. Da war nur dieser kalte Ausdruck in ihren Augen, der sie irritierte. Schließlich kehrte Prue ins Wohnzimmer der Suite zurück, statt sich weiter im Spiegel anzustarren.

»Da bist du ja, Prue«, sagte Dylan. Er hielt in jeder Hand einen Drink. »Ich war mal so frei, was beim Zimmerservice zu bestellen«, fuhr er fort, während er Prue ihren Drink reichte. »So brauchen wir die Suite gar nicht mehr zu verlassen, und ich kann dich ganz für mich allein haben.«

Er trat einen Schritt näher. Unwillkürlich wich Prue einen zurück.

Dylan verengte die Augen. »Tu das nicht!«, fauchte er.

Prue spürte, wie eine Schockwelle durch ihren Körper lief. Wie kam er dazu, sie so herumzukommandieren?

Sie stellte ihren Drink auf die Marmorplatte des Tisches. »Es tut mir Leid, Dylan«, sagte sie. »Aber ich ... ich habe wohl einen Fehler gemacht.«

Zu ihrer Verblüffung warf Dylan den Kopf zurück und lachte.

»Das hast du, Prue«, bestätigte er. »Du hast einen Fehler gemacht. Einen, der sich als fatal herausstellen wird, fürchte ich. Aber keine Sorge.« Plötzlich, von einem Moment zum anderen, stand Dylan hinter ihr. »Ich werde es schnell machen.«

Verzweifelt stolperte Prue einen Schritt vorwärts, als er erneut lachte. Oh nein! Dylan war ein Hexer, genau wie Piper es gesagt hatte!

»Ich wette, Piper hat versucht, dich zu warnen, nicht wahr?«, stichelte Dylan. »Aber du hast nicht auf sie gehört, richtig, Prue?«

Prue wollte antworten, wollte ihm jedenfalls nicht weiter zuhören, aber die Worte blieben ihr im Hals stecken.

»Ich würde mir deswegen keine Sorgen machen«, fuhr Dylan eisig fort. »Es ist nicht deine Schuld. Es ist alles Teil meines Planes. Ich weiß, dass ich mir eure Kräfte nur einverleiben kann, indem ich euch auseinander bringe. Teile und herrsche. Der älteste Trick aus dem Buch.«

Und sie war darauf hereingefallen, dachte Prue. Wie ein blöder, gieriger Fisch hatte sie den Köder geschluckt. Jetzt würde sie dafür bezahlen – mit ihren Kräften und ihrem Leben.

»Ich werde nicht zulassen, dass du meinen Schwestern wehtust«, sagte sie, entschlossen, sich ihm so tapfer wie möglich entgegenzustellen.

Dylan lachte nur. »Du kannst mich nicht aufhalten«, sagte er. »Du bist jetzt allein. Keine deiner geliebten Schwestern wird kommen, um dich zu retten, vor allem nicht Piper. Dafür habe ich gesorgt. Es war wirklich sehr lustig, mit anzusehen, wie ihr Mädchen euch um mich gestritten habt.«

»Aber wir werden zuletzt lachen«, sagte eine andere Stimme.

Prues Herz machte einen Sprung. Sie würde diese Stimme überall erkennen! Verblüfft fuhr Dylan herum.

»Piper?«, fragte er beim Anblick einer überlebensgroßen weißen Katze.

Piper nahm die weiße Maske des Kostüms ab. »Erfreut, mich zu sehen?«, fragte sie.

»Was machst du hier?«, keuchte er.

»Nichts, was dir gefallen wird«, versicherte Piper ihm.

Mit einem wütenden Aufschrei feuerte Dylan einen Blitz auf sie ab. Piper riss die Hände hoch. Der Blitz fror in der Luft ein, bevor er sie treffen konnte.

Prue eilte zu ihrer Schwester. »Piper, es tut mir so Leid!«, sagte sie.

»Spar dir das für später auf«, riet Phoebe, als sie ins Zimmer trat. Sie war als Märchenprinzessin verkleidet und trug ein lavendelfarbenes Kleid. Prue würde wohl noch etwas warten müssen, bis sie verstand, was das zu bedeuten hatte.

»In der Zwischenzeit«, fuhr Phoebe fort, »schlage ich vor, dass du dich bereit machst.«

Prue grinste. Das würde ihr wirklich gefallen. Dylan hatte etwas getan, was sie für unmöglich gehalten hatte. Er hatte sich zwischen die Halliwell-Schwestern gestellt. Jetzt würde er dafür bezahlen müssen.

Prue trat vor ihre Schwestern. »Ich bin bereit, wenn ihr bereit seid«, sagte sie.

Piper ließ die Zeit weiterlaufen. Der tödliche Blitz raste direkt auf Prue zu. Im letzten Moment streckte diese die Arme aus, die Handflächen nach vorn gerichtet, und schickte ihn wieder zurück.

Dylan gab vor Schmerz und Wut einen Schrei von sich, als seine eigene Waffe sich ihm in die Brust bohrte. Für einen Moment hing der heiße, elektrische Geruch von Ozon in der Luft. Der Hexer verschwand in einer Rauchwolke.

»Das war einfach«, sagte Prue mit einem erleichterten Seufzen. »Vielen Dank, ihr beide.«

Piper schüttelte den Kopf. »Er war so von sich eingenommen«, sagte sie. »So überzeugt von seiner eigenen Macht.

Aber am Ende hatte er doch keine Chance gegen die Macht der drei.«

»Also das war euer Traummann«, warf Phoebe ein. »Das nächste Mal, wenn ihr *meinen* Männergeschmack kritisiert, werde ich euch definitiv an den hier erinnern.«

Und dann umarmten sich die Halliwells. Mit Dylans Tod war auch seine Macht über Prue und Piper gebrochen.

»Piper, es tut mir so Leid«, sagte Prue.

»Es tut mir auch Leid, Prue. Hoffen wir nur, dass es nicht noch einmal passiert.«

»Es wird nie wieder passieren, dafür werde ich sorgen«, versprach Prue.

Phoebe wandte sich zur Tür. »Kommt schon, ihr beiden. Wir müssen noch auf eine Halloween-Party gehen – außerdem ein Geheimnis lösen und einen Mörder fangen.«

»Wow!«, rief Prue, als die Schwestern Dylans Apartment verließen. »Ich habe wirklich eine Menge verpasst.«

»Keine Sorge«, sagte Piper und drückte ihre Schwester noch mal. »Du fährst. Phoebe und ich werden dich einweihen. Danach geben wir dir dein Kostüm – du gehst als Hexe.«

»Ganz, wie du meinst«, nickte Prue. »Sag mir einfach, wohin wir müssen.«

»Zum Campus«, erklärte Phoebe. »Genauer gesagt zur Thayer Hall, wo im Jahr 1958 diese ganze Geschichte begann ...«

»Wow«, murmelte Phoebe vierzig Minuten später, als sie und ihre Schwestern Thayer Hall betraten. »Das ist absolut unglaublich.«

Obwohl Phoebe bei einem Teil der Dekorationen geholfen hatte, war sie überwältigt vom Effekt ihrer Bemühungen. Die Dekoration kam dem Original nicht nur nahe, sondern sie war eine fast perfekte Kopie dessen, was sie in ihrer Vision gesehen hatte.

Zu perfekt, dachte sie, und ein Schauder lief ihr über den Rücken.

»Nun, Miss Halliwell, ich bin sicher, dass Sie dafür ein paar Extrapunkte bekommen werden.«

Die vertraute Stimme riss sie aus ihren sorgenvollen Gedanken. Es war Professor Hagin. Phoebe erstickte fast, als sie sah, was für ein Kostüm er gewählt hatte.

Professor Hagin war als Kreideschachtel verkleidet.

»Überaus authentisch«, fügte der Professor hinzu.

»Das heißt, es sieht echt aus«, flüsterte Prue hilfsbereit.

Das weiß ich, dachte Phoebe. Sie kniff ihrer Schwester in den Arm.

»Aufgrund meiner Nachforschungen weiß ich, dass der Raum genauso aussieht wie in jener Nacht im Jahre 1958. Außerdem haben Sie und Mr. Weir die passenden Kostüme gewählt, wie ich sehe. Sie als Betty und Mr. Weir als Ronald verkleidet – eine wirklich außergewöhnliche historische Nachstellung. Ich gratuliere Ihnen beiden.«

Er wandte sich ab, um Stan zu der Dekoration zu beglückwünschen, und ließ eine völlig schockierte Phoebe zurück.

»Was ist los, Phoebe?«, fragte Piper. »Du siehst seltsam aus.«

Phoebe schüttelte den Kopf. »Ich wusste, dass mein Kostüm wie Bettys aussieht«, sagte sie, »aber nicht, dass Brett in Ronalds Kostüm kommen würde! Das ist mir definitiv unheimlich.«

Prue blickte verwirrt drein. »Wer ist Brett?«

»Der da«, knurrte Phoebe und deutete auf den Piraten, der neben der Bowle stand.

Sie stürmte zu ihm. »Hast du das absichtlich gemacht?«, fragte sie. »Wusstest du, dass in der Nacht der Morde Ronald Galvez als Pirat zur Party gekommen ist?«

»Nicht, bis Professor Hagin es mir erzählt hat«, erwiderte er bestimmt. Phoebe hatte Brett natürlich im Kurs gesehen, aber seit dem Zwischenfall im Übungsraum nicht mehr mit ihm gesprochen. Sie hatten sich auch nicht über Wendy Chang unterhalten.

»Ich habe mich zu spät um ein Kostüm gekümmert, und das hier war das einzige Passende, das ich im Kostümverleih gefunden habe«, erklärte Brett. »Ich verstehe nicht, warum du dich so aufregst, Phoebe. Dass Hagin uns in diesen Kostümen gesehen hat, dürfte uns eine hervorragende Note verschaffen.« Er kniff die Augen zusammen. »Wie bist du denn auf deins gekommen?«

»Ich weiß nicht genau«, räumte Phoebe ein. »Ich fand es zunächst ganz passend. Als ich es dann umtauschen wollte, stand ich vor demselben Problem wie du.«

Phoebe spürte einen weiteren Angstschauder. Das hier war genau das, was sie nicht gebrauchen konnte. Unvorhersehbare Dinge. Dinge, die sie nicht kommen sehen und damit nicht kontrollieren konnte.

Sie hatte Charlotte helfen wollen, indem sie die Party besuchte und sah, was im Jahr 1958 geschehen war, aber nicht, indem sie selbst eine Rolle bei den Ereignissen spielte.

Die Tatsache, das sie jetzt quasi als Betty Warren auf das Fest kam, machte Phoebe eine Heidenangst.

»Hi, ich bin Brett Weir«, hörte Phoebe Brett sagen. Sie sah, wie er sein breites Lächeln zeigte und Piper die Hand hinhielt.

Das wirst du nicht tun, dachte Phoebe. Das Letzte, was sie brauchten, waren noch mehr Männerprobleme.

»Das sind meine Schwestern«, sagte sie und ergriff Prue und Piper an den Armen. »Wenn du uns jetzt entschuldigen würdest, Brett?« Phoebe zog ihre Schwestern an den Ellbogen davon.

»He, Phoebe, nur die Ruhe«, protestierte Piper. »Vielleicht brauche ich diesen Arm eines Tages noch.«

»Tut mir Leid«, sagte Phoebe, als sie ihren Griff lockerte. »Ich wollte nur nicht, dass wir noch mehr Zeit mit diesem Trottel verschwenden. Wir müssen uns auf wichtigere Dinge konzentrieren.«

Prue blickte über die Schulter zu Brett hinüber. »Ist das dein Projektpartner?«

Phoebe nickte.

»Phoebe, wir sollten wirklich über deinen Männergeschmack sprechen«, sagte Prue ernst. Piper grinste.

Phoebe verdrehte die Augen. »Oh, kommt schon, Leute. Nach dem, was ihr euch mit Dylan geleistet habt, habe ich mir mindestens sechs Monate kommentarloses Dating verdient.«

Prue nahm sie kurz in den Arm. »War nur ein Scherz«, sagten sie und Piper gleichzeitig.

Phoebe schnitt eine Grimasse.

»Also, wie sieht der Plan aus?«, fragte Piper.

»Also«, antwortete Phoebe, »ihr seid vorher noch nie hier gewesen, richtig? Deshalb schlage ich vor, ihr mischt euch eine Weile unter die Leute. Macht euch mit der Umgebung vertraut. Wenn etwas Unerwartetes passiert, wissen wir dann alle, wie wir schnell hier rauskommen oder Hilfe finden können.«

»Klingt gut«, meinte Piper. »Vielleicht sollten wir uns am Tisch mit der Bowle treffen in ...?«

»Wie wäre es mit fünfzehn Minuten?«, schlug Prue vor. »Es dauert sicher nicht lange, bis wir uns orientiert haben. Und irgendwie habe ich das Gefühl, dass wir besser so dicht wie möglich zusammenbleiben sollten.«

»Sehr vernünftig!«, sagte Phoebe. »Okay, wir sehen uns in fünfzehn Minuten.« Sie sah ihren Schwestern nach, wie sie in der kostümierten Menge verschwanden.

»Wow, tolles Kostüm«, bemerkte ein Junge in einem Krakenkostüm, als er versuchte, so viele seiner Gummiarme wie möglich um Prue zu legen. »Willst du mich nicht verzaubern, böse Hexe?«

Prue nahm die beiden Gummiarme, die er um sie geschlungen hatte, und verknotete sie. »Das ist nicht mal nötig«, erwiderte sie.

Phoebe drehte sich um und ließ ihre Blicke durch den Raum wandern. »Great Balls of Fire« dröhnte aus den Lautsprechern, und die Tanzfläche füllte sich. Sie warf einen Blick auf die Uhr. Es war acht. Die Nacht war noch jung. Dann entdeckte sie in einer Ecke des Raumes eine junge Frau in einem blutverschmierten pinkfarbenen Gewand – Charlotte!

Der Geist trieb unbemerkt durch die Menge und blieb vor Phoebe stehen. »Jetzt muss sich die Vergangenheit wiederholen«, sagte sie. »Du musst sie neu erschaffen, indem du die Zeit veränderst.«

Phoebe blinzelte. »Wie meinst du das?«

»Du hast die Macht«, sagte Charlotte. »Wenn du die Wahrheit erfahren willst, musst du sie einsetzen, um in die Nacht zu gehen, die war.«

Phoebe überlegte fieberhaft. Ihre Schwestern waren nicht weit weg. Sie war absolut sicher. Es konnte also nicht schaden, einen kleinen Zeitveränderungszauber durchzuführen, oder?

»Okay«, nickte sie. Sie ging in Gedanken noch einmal eine Formel durch, die sie im *Buch der Schatten* gesehen hatte, und murmelte dann: »Alles, was sich verbirgt hinter dem Vorhang der Zeit, enthüllt euch, Geheimnisse der Vergangenheit. Das Gewesene wird zum Jetzt, das Jetzt ist mein. So will ich es, so soll es sein.«

Phoebe spürte, wie ihr Körper von prickelnder Energie durchströmt wurde. Sie starrte verblüfft die Uhr an. Die Zeiger bewegten sich rasend schnell, bis sie bei 11:45 p. m. stehen blieben – die Zeit, die sie in ihrer letzten Vision von der Party gesehen hatte. Charlotte stand vor ihr und lächelte. Ihr Kleid war nicht länger blutverschmiert. Und dennoch konnte Phoebe Prue und Piper auf der anderen Seite des Raumes in ihren kitschigen Kostümen sehen. Der Zauber hatte funktioniert. Die Vergangenheit wiederholte sich – aber in der Gegenwart.

Dann entdecke Phoebe jemand anders aus der Gegenwart. Marjorie Yarnell stand in der Tür. Das Gesicht der älteren Frau hatte die Farbe von Professor Hagins Kreidekostüm, ein mattes, unnatürliches Weiß. Phoebe verfolgte, wie Marjorie schwankte und sich am Türrahmen festhielt, um zu verhindern, dass sie hinfiel. Phoebe eilte zu ihr.

»Marjorie!«, rief sie. »Geht es Ihnen gut?«

Als sich Marjories Finger um ihren Arm schlossen, spürte Phoebe am ganzen Körper einen eisigen Schauder, so stark war das Entsetzen der anderen Frau. Nur während einer Vision spürte Phoebe sonst eine derartige Verbindung.

»Phoebe«, keuchte Marjorie. »Sie müssen dem ein Ende machen – sagen Sie die Party ab. Tun Sie es jetzt, bevor etwas passiert. Ich habe ein schlechtes Gefühl ... ein ganz schlechtes Gefühl ...«

»Es ist alles in Ordnung«, sagte Phoebe beruhigend, obwohl sie weit davon entfernt war, ihren eigenen Worten zu glauben. »Versuchen Sie sich zu beruhigen. Kommen Sie. Da hinten ist ein ruhiger Platz, wo Sie sich hinsetzen können.«

Eilig führte Phoebe Marjorie in einen kleinen Nebenraum, in dem sich – wie sie wusste – eine Couch befand. Nur die Haupthalle im Erdgeschoss war für die Halloween-Party dekoriert worden. Alle anderen Räume waren in ihrem Normalzustand belassen.

Phoebe drückte Marjorie auf die Couch und setzte sich dann zu ihr.

Marjorie ergriff Phoebes Hände. »Ich weiß, dass Sie mich für eine verrückte alte Frau halten«, sagte sie. »Aber Sie müssen auf mich hören, Phoebe. Diese Party darf nicht weitergehen. Sie muss aufhören – sofort. Die Vergangenheit ... ich habe solche Angst, dass sich die Vergangenheit wiederholen wird!«

Das wird sie ganz bestimmt, dachte Phoebe voller Angst, aber sie wagte nicht, diesen Gedanken laut auszusprechen. Das Letzte, was sie jetzt brauchte, war eine Marjorie, die völlig hysterisch wurde.

Die ältere Frau schluchzte. Phoebe hielt ihre Hand und fühlte sich hilflos. Sie wünschte, sie *könnte* die ganze Party absagen und alle nach Hause schicken, bevor jemand in Gefahr geriet, getötet zu werden. Aber das würde Charlotte und den beiden anderen Geistern nicht helfen, die in Thayer Hall herumspukten, und sie hatte versprochen, ihnen zu helfen.

»Hören Sie, Marjorie«, sagte Phoebe, wobei sie sich zwang, ruhig zu klingen. »Ich kann diese Party nicht abbrechen. Es sind zu viele Leute hier, die sich gut amüsieren. Aber ich halte Sie nicht für verrückt, und ich verstehe, dass Sie Angst haben. Ich werde dafür sorgen, dass jemand Sie nach Hause bringt.«

»Nein!«, protestierte Marjorie. » Es geht nicht um meine Sicherheit. Jemand anders wird verletzt werden.«

»Schsch«, machte Phoebe und stand auf. »Sie warten hier. Ich bin gleich wieder da.«

Phoebe eilte zurück zur Tanzfläche, wo die Musik dröhnte. Sie hatte gerade eine brillante Idee gehabt, eine, die Marjorie nach Hause bringen und gleichzeitig ihre Sorge wegen Brett in seinem Piratenkostüm zerstreuen würde.

Phoebe suchte nach Brett, konnte ihn aber nirgendwo entdecken. Auch von Prue und Piper gab es keine Spur. In dem Moment, wo sie die Verstärkung am dringendsten brauchte, war diese verschwunden.

»Phoebe! Da bist du ja. Warum bist du weggelaufen?«

Phoebe spürte, wie sie von hinten gepackt und umgedreht wurde, als gerade ein Song endete. Einen Moment später fand sie sich in Bretts Armen wieder.

»Brett«, sagte Phoebe, als das nächste Lied begann. »Ich habe dich gesucht. Ich brauche deine Hilfe.«

Brett grinste sie an. »Kein Problem.«

»Marjorie Yarnell ist hier, und sie ist mit den Nerven am Ende. Ich möchte, dass du sie nach Hause bringst.«

»Später.« Brett lachte und verstärkte den Druck seiner Arme. Phoebe fragte sich, wie viel Bowle er getrunken hatte. Sie wehrte sich, aber Brett lachte wieder nur und drückte sie noch fester an sich.

»Es ist wirklich schön, dass du so besorgt um Marjorie bist«, sagte er und begann mit ihr zu tanzen. »Aber wir können jetzt nicht aufhören. Sie spielen unseren Song.«

Mit Schrecken wurde Phoebe klar, dass sie den Song kannte, zu dem sie mit Brett tanzte. Es war »Earth Angel«, dasselbe Lied, das sie in ihrer Vision gehört hatte. Und das direkt vor den Morden gespielt worden war.

Marjorie hat Recht. Die Vergangenheit wiederholt sich, dachte Phoebe. Und ich bin für die Rolle der Betty Warren auserwählt.

»Brett, bitte«, sagte sie. »Du musst mir zuhören.«

»Oh, nein«, erklärte Brett Weir. »Ich werde dir später zuhören. Diesmal lasse ich dich nicht davonkommen.«

Er drückte sie an sich und bewegte sich im Rhythmus der Musik. Phoebe spürte, wie sie von Panik überwältigt wurde.

In welchem Jahr befand sie sich wirklich? War sie noch immer Phoebe Halliwell, die nach dem maskierten Mann suchte? Oder war sie Betty Warren im Jahr 1958?

Phoebe verdrehte den Hals und suchte auf der überfüllten Tanzfläche nach Prue und Piper – und nach dem Mann mit der Wolfsmaske. Aber sie sah nur die anderen Partygäste in ihren Kostümen. Sie hatte das deutliche Gefühl, sich in ihrer eigenen Vision vom Vortag zu befinden, in jener, die mit Mord geendet hatte.

Irgendwo in diesem Raum ist ein Mörder, dachte Phoebe. Aber wo? Und wer?

Und wenn Betty Warren am Ende tot gewesen war, wie sollte dann Phoebe Halliwell dies hier lebend überstehen?

12

In dem Moment, als »Earth Angel« vorbei war, schaffte Phoebe es endlich, sich aus Bretts Armen zu befreien.

»Marjorie sitzt mit einem Nervenzusammenbruch im Nebenraum«, erinnerte sie ihn. »Du musst ihr helfen und sie nach Hause bringen.«

Brett machte ein mürrisches Gesicht. »Warum bist du so entschlossen, eine gute Party zu ruinieren?«, fragte er. »Ich bin sicher, Marjorie geht es gut.«

»Eben nicht«, beharrte Phoebe. »Sie ist total verängstigt.«

»Wenn du meinst«, stimmte Brett schließlich zu. »Lass uns von hier verschwinden.«

Phoebe spürte, wie ihr bei diesen Worten das Blut in den Adern gefror. War das nicht genau das, was Ronald in Phoebes Vision zu Betty gesagt hatte?

»Ich muss meinen Mantel holen«, sagte Brett. Er nahm Phoebes Hand und zog sie zu einem der Hinterzimmer.

Nein, dachte Phoebe verzweifelt, so nicht.

Brett hatte dieselben Worte benutzt wie Ronald im Jahr 1958. Jetzt führte er sie in dieselbe Richtung, in die Ronald auch Betty in jener schicksalhaften Nacht geführt hatte.

»Brett«, keuchte Phoebe, »wir gehen in die falsche Richtung.« Sie versuchte sich loszureißen, aber Brett zog sie stur weiter. »Brett!«, sagte Phoebe wieder. Sie konnte die Panik in ihrer eigenen Stimme hören. Erneut versuchte sie, sich aus seinem Griff zu befreien.

»Was ist dein Problem?«, bellte Brett. Er blieb abrupt stehen und schüttelte Phoebe am Arm. »Ich will doch nur meinen Mantel holen. Ist das zu viel verlangt? Ich tue dir einen Gefallen, Phoebe. Also überleg dir, was du machst.«

»Es tut mir Leid«, entschuldigte sich Phoebe. »Ich schätze, ich bin ein wenig überdreht.«

Brett näherte sich weiter einem der Hinterzimmer, in dem die Jacken abgelegt waren.

Es ist alles in Ordnung. Es wird alles gut, wiederholte Phoebe wieder und wieder, während sie ihm folgte.

Die Tatsache, dass sie in eins der Hinterzimmer gingen, selbst wenn es *das* Hinterzimmer war, in dem die Morde geschehen waren, war nur ein unglücklicher Zufall. Es bedeutete nicht, dass sich die Vergangenheit bereits wiederholte.

»Es dauert nur einen Moment«, sagte Brett.

Er verschwand in dem Hinterzimmer, um seinen Mantel zu suchen. Phoebe spürte ihre Hoffnung sinken, als sie den Zustand des Raumes sah. Überall lagen Mäntel herum, so viele, dass sie kaum den Boden sehen konnte. Wer wusste, wie lange Brett brauchen würde, um in all dem Durcheinander seinen Mantel zu finden? Was war, wenn der maskierte Mann auftauchte, während Brett noch suchte?

Eilig griff Phoebe nach einem der Klappstühle, die den Rand der Tanzfläche säumten, und trat zu Brett in den Garderobenraum. Sie schloss die Tür und klemmte dann den Stuhl unter die Klinke.

»Was machst du da?«, fragte Brett irritiert.

»Ich sorge nur dafür, dass niemand reinkommen kann«, erwiderte Phoebe. »Vielleicht machst du dir keine Sorgen, aber ich werde kein Risiko eingehen.«

»Wie du meinst«, sagte Brett, als er seine Suche fortsetzte.

Er hält mich wahrscheinlich für komplett durchgedreht, dachte Phoebe. Nun, vielleicht war sie das auch. Aber es war besser, auf Nummer sicher zu gehen, als es hinterher zu bereuen.

Plötzlich begann der Stuhl zu wackeln.

Jemand versuchte reinzukommen!

Wumm! Der Stuhl flog durch die Luft. Er traf Brett hart am Kopf. Er fiel wie ein Stein um und blieb bewusstlos liegen. Die Zimmertür knallte gegen die Wand.

Im offenen Türrahmen stand ein Mädchen in einem rosafarbenen Partykleid.

Der Geist von Charlotte Logan.

Sie hob ein Messer hoch über den Kopf. Die lange, gefährliche Klinge funkelte im grellen Licht der Neonröhre an der Decke des Garderobenraums.

»Betty Warren!«, schrie Charlotte. »Seit fast einem halben Jahrhundert habe ich auf diesen Augenblick gewartet. Auf die Chance, dich noch einmal zu töten. Und noch einmal. *Und noch einmal!*«

Mit einem hasserfüllten Schrei stürzte sie sich auf Phoebe und stieß mit dem Messer zu.

Phoebe wich blitzartig aus, aber sie konnte hören, wie das Messer durch die Luft pfiff.

»Ich bin nicht Betty«, keuchte sie. »Ich bin Phoebe Halliwell. Ich bin hier, um dir zu helfen. Erinnerst du dich nicht, Charlotte?«

Charlotte Logan begann hysterisch zu lachen. »Oh, ja, ich erinnere mich an dich, Betty«, sagte sie. »Ich erinnere mich, wie sehr du mir immer helfen wolltest. Der armen Charlotte helfen, die nicht hübsch genug war, die zu schüchtern war, um selbst ein Date zu bekommen. Du hättest jeden Jungen haben können, den du wolltest!«, kreischte sie, als sie wieder das Messer schwang. »Warum hast du dir den einzigen Jungen genommen, den ich je geliebt habe?«

So ist das also, dachte Phoebe.

Marjorie Yarnell hatte Recht gehabt. Die Morde waren aus Eifersucht geschehen. Aber Charlotte war nicht eifersüchtig auf Ronald gewesen. Sie war eifersüchtig auf Betty gewesen. Die beiden besten Freundinnen hatten sich in denselben Jungen verliebt. Das war der Fehler gewesen, der Betty Warren das Leben gekostet hatte.

»Das werde ich dir nie verzeihen! Niemals!«, schrie Charlotte, als sie auf Phoebe eindrang und mit dem Messer fuchtelte. »Ich wollte dich dafür töten, dass du ihn mir weggenommen hast. Und ich kann immer noch nur daran denken. Ich will es noch mal tun, wieder und wieder.«

Mit jedem Schritt, den Charlotte machte, wich Phoebe einen Schritt zurück. Wie lange würde es dauern, bis sie die Wand erreichte? Wie lange würde es dauern, bis Charlotte sie in die Ecke gedrängt hatte? Wie lange, bis Phoebe spüren würde, wie die funkelnde Messerklinge in ihr Fleisch schnitt?

»Warte einen Moment«, sagte Phoebe, verzweifelt bemüht, Zeit zu schinden. »Was ist mit dem maskierten Mann?«

»Ich habe ihn erfunden«, antwortete Charlotte. »Du wolltest einen anderen Verdächtigen, also hast du einen bekommen, weil ich deine Hilfe brauchte.«

»Nein«, sagte Phoebe, während sie Zentimeter für Zentimeter zurückwich. »Ich habe ihn gesehen. Ich sah seinen Geist. Er trug eine Wolfsmaske, die seinen Kopf bedeckte.«

Charlotte zögerte einen Moment und lachte dann. »Das ist leicht zu erklären«, sagte sie. »Du hast Ronald gesehen. Als er auf die Party kam, trug er zuerst eine Wolfsmaske, um Betty zu necken. Er behielt sie nur eine Minute auf, dann nahm er sie ab.«

Phoebe war völlig verwirrt. »Aber warum ist mir sein Geist dann auf diese Weise erschienen?«

»Wahrscheinlich wollte er dir Angst einjagen, um dich abzuschrecken«, sagte Charlotte. »Du hast am Anfang einen Geist beschworen, der sich im Gewesenen auskennt. Und du hast mit deinem Zauber die Trennung zwischen Gegenwart und Vergangenheit aufgehoben. Nur so konnte ich tun, was ich wollte.«

Phoebe erinnerte sich plötzlich an den genauen Wortlaut ihrer Beschwörungsformel: Vergangenheit und Gegenwart sind nicht länger getrennt. »Du meinst«, sagte sie, »du wolltest mich als Betty auf die Party locken, um sie erneut töten zu können. Ronald versuchte nur, mich vor dir zu schützen.«

»Sehr gut.« Charlottes Stimme klang höhnisch. »Du bist nicht besonders schnell, aber am Ende verstehst du doch.« Sie hob das Messer höher und schwebte auf Phoebe zu.

Phoebe wich zurück, die Augen auf die Klinge gerichtet. Entsetzt spürte sie, wie sie mit dem Fuß auf einen der Mäntel trat, ausrutschte und nach hinten fiel.

»Jetzt!«, schrie Charlotte und sprang vor. »Jetzt werde ich erneut meine Rache haben!«

»Das glaube ich nicht«, sagte eine andere Stimme.

Charlotte fuhr bei den Worten herum, das Messer noch immer erhoben. Einen Moment später wurde es ihrer Hand entrissen. Es prallte klirrend gegen die gegenüberliegende Wand. Der Geist schoss hinterher, wurde dann aber in die entgegengesetzte Richtung geschleudert.

»Bleib meiner Schwester vom Leib!«, rief Prue.

»Nein!«, kreischte Charlotte. »Ich muss sie töten. Ich muss Betty töten.«

Sie griff mit ihren bloßen Händen nach Phoebe.

»Charlotte!«, rief eine Stimme, die Phoebe kannte.

Nein, das kann nicht sein, dachte sie.

Charlotte hielt inne. Ihre Finger griffen noch immer nach Phoebe, aber jetzt war ein verwirrter Ausdruck auf ihrem Gesicht. Sie drehte den Kopf zur Tür.

»Betty?«, keuchte sie. »Aber das kann nicht sein. Du bist tot. Du bist in jener Nacht des Jahres 1958 gestorben. Ich weiß es. Ich habe dich selbst getötet!«

»Nein, das hast du nicht, Charlotte«, sagte Marjorie Yarnell. »Ich stehe direkt vor dir.«

Phoebes Gedanken rasten. Die Antwort auf das Rätsel stand die ganze Zeit vor ihren Augen, und sie hatte es nicht gesehen. Marjorie Yarnell war Betty.

»Aber wie ...«, keuchte Phoebe.

»Ich wurde in der Nacht der Party schwer verletzt«, erklärte Marjorie. »Aber glücklicherweise brachte man mich noch rechtzeitig ins Krankenhaus. Meine Familie war einflussreich genug, um meine Identität geheim zu halten. Ich erholte mich und zog weit weg. Ich änderte sogar meinen Namen, damit mich niemand mit den Ereignissen jener schrecklichen Nacht in Verbindung bringen konnte. So wurde ich Marjorie Yarnell.

Aber obwohl mein Körper genas, blieb meine Seele krank. Das Trauma des Angriffs löschte die meisten Einzelheiten in meinem Gedächtnis aus. Ich konnte mich nicht mehr erinnern. Die Wahrheit war einfach zu schrecklich, als dass ich damit leben konnte. Entweder hatte der Mann, den ich liebte, mich angegriffen, oder meine allerbeste Freundin.«

Arme Marjorie, dachte Phoebe und stand wieder auf. Wie sehr musste sie in all den Jahren gelitten haben – ohne zu wissen, wem sie glauben, welcher Erinnerung sie trauen sollte. Zu wissen, dass einer der beiden Menschen, die sie am meisten liebte, ihr nach dem Leben getrachtet hatte.

»Marjorie, es tut mir so Leid«, sagte Phoebe.

»Das muss es nicht, Phoebe«, antwortete Marjorie Yarnell. »Ich wusste, dass ich irgendwann hierher zurückkehren musste, damit die Dämonen meiner Vergangenheit endlich Ruhe finden konnten. Jetzt habe ich es getan. Ich kenne die Wahrheit. Ich erinnere mich an alles. Hier zu sein, in diesem Raum, in dieser Nacht, hat mein Gedächtnis zurückgebracht.«

Marjorie zeigte mit dem Finger auf Charlottes Geist.

»Du warst es!«, sagte Marjorie. »Du wusstest, dass Ronald und ich in jener Nacht durchbrennen wollten, um zu heiraten. Du wusstest es, weil ich dir all unsere Pläne anvertraut hatte. Du warst schon immer eifersüchtig auf Ronald und mich. Du wolltest nicht, dass unsere Liebe ein glückliches Ende nahm.«

»Und was ist mit mir?«, fragte der Geist von Charlotte Logan. »Hatte ich nicht auch ein glückliches Ende verdient? Du hättest jeden anderen Jungen haben können, den du wolltest. Aber es musste ja ausgerechnet der sein, den ich liebte.«

»Das wusste ich nicht«, flüsterte Marjorie. »Du hast mir nie etwas davon gesagt.«

Charlotte gab ein bitteres Lachen von sich. »Das stimmt«, bestätigte sie. »Ich habe es dir nie gesagt. Stattdessen habe ich Tag für Tag zugehört, während du mir von Ronald vorgeschwärmt hast. Als du sagtest, dass du mit ihm durchbrennen würdest, musste ich dich aufhalten. Ich hatte die Hoffnung zwar aufgegeben, dass Ronald mich lieben würde, aber ich wollte nicht zulassen, dass du ihn bekommst.«

»Wenn du ihn nicht haben konntest, sollte ihn keine haben, nicht wahr?«, fragte Marjorie.

Auf so fatale Weise wie hier war ihr dieses Klischee noch nie begegnet, dachte Phoebe.

»Genau!«, sagte Charlotte mit triumphierender Stimme. »Nachdem du aus dem Zimmer gewankt warst, kämpften Ronald und ich um das Messer. Während des Kampfes rammte ich mir das Messer in die Brust und drückte es ihm dann mit letzter Kraft in die Hand. Er hielt es noch immer, als die anderen in den Raum stürzten. So haben sie ihn gefunden.«

»Du hast ihn umgebracht!«, schrie Marjorie. »Du hast dafür gesorgt, dass Ronald die Schuld für deine Tat bekam. Du hast ihn nie geliebt. Du liebst nur dich selbst. Und dabei habe ich dich in all diesen Jahren für meine Freundin gehalten.«

»Ich war nie deine Freundin«, zischte Charlotte. »Du warst leichtgläubig – genauso dumm wie Phoebe. Ich bin die einzig Kluge unter euch Idioten. Klug genug, um in all diesen Jahren nicht als Mörderin entlarvt zu werden.«

»Ich weiß nicht, wie es euch geht, aber ich denke, ich habe genug gehört«, warf Piper ein.

»Sollen wir sie für Sie erledigen?«, fragte Prue Marjorie. »Wir können das, wissen Sie.«

»Wirklich? Dann nur zu«, sagte Marjorie Yarnell. »Ich denke, das wäre das Beste. Sie hat schon genug Menschen wehgetan und genug Leben ruiniert. Es ist an der Zeit, dass jemand sie aufhält.«

»Okay, tun wir's«, sagte Phoebe.

Schnell griffen sich die Schwestern an den Händen. Prue stimmte eine Beschwörung an, die den bösen Geist für immer vertreiben würde. Phoebe und Piper fielen in den Singsang ein.

»Nein!«, schrie der Geist von Charlotte und stürzte sich auf sie. »Das könnt ihr nicht tun!«

»Das können wir doch«, sagte Phoebe.

Charlottes Geist explodierte in einem Schauer heißer Funken. Für einen Moment war der Raum von grellem Licht erfüllt. Dann war nur noch Asche übrig.

»Ich denke, das dürfte genügen!«, sagte Phoebe.

»Puh! Ich bin froh, dass keiner dieser Mäntel mir gehört«, meinte Piper.

»Ich werde nicht fragen, wie ihr Mädchen das gemacht habt«, sagte Marjorie Yarnell. »Ich bin nur dankbar, dass ihr es getan habt. Ich hoffe, dass Charlotte, wo immer sie jetzt auch ist, ihren Frieden findet. Ich wollte ihr nie wehtun. Ich dachte, ich wäre ihre Freundin.«

»Betty.«

In der Mitte des Raumes erschien eine verschwommene Gestalt.

»Oh, wow«, machte Piper.

»Ronald?«, antwortete Marjorie mit tränenerstickter Stimme. »Ronald, bist du das?«

Die Gestalt wurde deutlicher. Jetzt erkannte Phoebe den jungen Mann aus ihrer Vision wieder.

Ronald Galvez trug sein Piratenkostüm. An einem Ohr glitzerte ein goldener Ring. Er sah genauso hinreißend aus wie auf seinen Jahrbuchfotos.

»Ja, Betty, ich bin es«, sagte Ronald sanft. »Es wird jetzt auch für mich Zeit zu gehen. Aber ich musste dich ein letztes Mal sehen.«

Marjorie machte einen unsicheren Schritt auf den Geist zu, ihre wahre Liebe, die sie vor so langer Zeit verloren hatte.

»Ronald, es tut mir Leid«, sagte sie. »Es tut mir Leid, dass ich jemals an dir gezweifelt, dass ich dich jemals für etwas anderes als unschuldig gehalten habe.«

»Es ist gut«, sagte Ronald Galvez. »Es war alles ein Teil von Charlottes bösem Plan. Sie hat uns nicht nur voneinander getrennt, sondern dich auch dazu gebracht, an meinen Gefühlen zu zweifeln. Aber ich habe nie aufgehört, dich zu lieben, nicht in dem Moment meines Todes, nicht in all den Jahren danach.«

Phoebe sah, wie Tränen über Marjories Wangen rannen. Sie spürte, wie ihre eigenen Augen feucht wurden.

»Ich muss mich bei deiner Freundin Phoebe entschuldigen«, sagte Ronald. Er wandte sich an Phoebe. »Es tut mir Leid, dass ich versucht habe, dir Angst zu machen, aber da du mich nicht beschworen hattest, war es die einzige Möglichkeit, dich zu warnen. Ich konnte nicht zulassen, dass Charlotte ein zweites Mal tötet.«

Phoebe erinnerte sich an die mysteriöse Energie, die sie zurückgestoßen hatte, als das Bücherregal sie zu zerquetschen drohte. »Warst du es, der mich in der Bibliothek gestoßen hat?«

»Schuldig«, gab Ronald mit einem Grinsen zu.

Ich kann verstehen, warum sich Betty unsterblich in ihn verliebt hat, dachte Phoebe.

»Glaube mir, ich weiß das zu schätzen«, sagte Phoebe. »Also, vergessen wir's.«

»Ich bin froh«, sagte Ronald Galvez. »Und am Ende bin ich froh, dass ich dich nicht aufhalten konnte. Du und deine Schwestern, ihr habt es mir ermöglicht, in Frieden zu ruhen. Nach all diesen Jahren habt ihr geholfen, meinen Namen rein zu waschen. Da Betty – Marjorie – jetzt die Wahrheit kennt, kann ich endlich ruhen.«

»Ronald«, flüsterte Marjorie. »Ich weiß nicht, ob ich es ertragen kann, dich noch einmal zu verlieren.«

Der Geist von Ronald Galvez hob eine Hand. Er strich sanft über Marjories Wange, ohne sie richtig zu berühren. »Aber du hast mich nie verloren«, sagte er. »Ich habe in all diesen Jahren über dich gewacht. Jetzt, da das Böse in Charlotte vernichtet ist, kann uns nicht einmal mehr der Tod trennen. Ich weiß, dass wir am Ende zusammen sein werden.«

Phoebe verfolgte, wie weiches, weißes Licht Ronalds Gestalt umhüllte.

»Wenn du hierher kommst, werde ich dich erwarten, Betty«, sagte er.

Das Licht flammte auf und wurde so hell, dass Phoebe ihre

Augen mit der Hand abschirmen musste. Als sie sie senkte, war Ronald Galvez verschwunden. Marjorie stand allein in der Mitte des Raumes, mit gesenktem Kopf und gefalteten Händen.

Schweigend legte Phoebe einen Arm um sie und führte sie aus dem Zimmer, in dem so viel passiert war. Prue und Piper folgten. Prue schloss hinter ihnen die Tür.

Auf dem Korridor blieb Marjorie stehen. »Vielen Dank«, sagte sie. »Euch allen. Ich glaube nicht, dass mich die Vergangenheit noch länger quälen wird.«

Phoebe drückte Marjorie an sich. »Das hoffe ich für Sie«, sagte sie. »Aber wenn doch, wissen Sie, an wen Sie sich wenden können.«

Ein Lächeln huschte über Marjories Gesicht. »Ja, ich glaube, das weiß ich«, sagte sie. »Ich wusste vom ersten Moment an, dass Sie etwas Besonderes sind«, sagte sie zu Phoebe. »Ich hatte nur keine Ahnung, wie besonders. Wenn ihr Mädchen mich jetzt entschuldigen würdet ...«

Bevor Phoebe und ihre Schwestern protestieren konnten, wandte sich Marjorie zur Tanzfläche und verschwand in der Menge. Mit einem leichten Schock wurde Phoebe bewusst, dass die Party noch immer im Gang war.

»Oh, mein Gott. Ich habe Brett im Garderobenraum zurückgelassen!«, sagte sie. Eilig kehrte sie in das Zimmer zurück. Brett setzte sich gerade auf und rieb sich den Kopf.

»Er ist okay«, rief Phoebe über ihre Schulter.

Sie drehte sich um, als sich eine junge, als Krankenschwester verkleidete Frau durch die Menge drängte und Bretts Namen rief.

»Wendy hat keine Ahnung, wie passend ihr Kostüm ist«, sagte Phoebe mit einem Lächeln. »Könnte eine von euch ihr vielleicht sagen, wo sie ihren Freund finden kann? Sie wird es von mir nicht hören wollen.«

»Ist mir ein Vergnügen«, versicherte Piper.

Die Schwestern drängten sich durch die Menge der Tanzenden.

»Das ist wirklich eine unheimliche Geschichte«, hörte Phoebe ein Mädchen sagen. »Ich meine, man stelle sich vor, dass dieses Mädchen, Charlotte, ihre beste Freundin tötete und es dann so arrangierte, dass deren Freund die Schuld daran bekam. Wenigstens hat sie sich die gerechte Strafe gleich selbst verpasst. Ich meine, das ist eine Story wie aus der Boulevardpresse, oder?«

»Eindeutig«, sagte der Junge, der mit ihr tanzte.

»Habt ihr das gehört?«, fragte Phoebe, als sie und ihre Schwestern die Menge hinter sich ließen und sich dem Ausgang näherten. »Als wir Charlotte vernichteten, müssen wir irgendwie die Legende der Halloween-Morde ›upgedated‹ haben. Jetzt ist die Geschichte korrekt.«

»Ich würde sagen, Ronald und Betty haben schließlich doch irgendwie ihr glückliches Ende bekommen«, meinte Piper. »Ronalds Ruf ist rein gewaschen und Charlotte die Schuldige.«

»Super«, sagte Phoebe. »He, einen Moment. Ich frage mich, was jetzt mit meinen Extrapunkten ist!«

»Ich würde mir darüber keine Sorgen machen«, erklärte Prue, als sie auf den Wagen zugingen. »Du hast noch immer ein ganzes Semester vor dir.«

»Hoffen wir nur, dass die anderen Legenden nicht ganz so gefährlich wie diese sind!«, sagte Phoebe.

Als Prue den Motor anließ und losfuhr, blickte Phoebe zu den hellen Lichtern von Thayer Hall zurück. Ihre Benotung erschien ihr plötzlich ganz unwichtig. In ihrem Herzen wusste Phoebe, dass sie etwas viel Wichtigeres erreicht hatte.

»Ich habe Hunger!«, erklärte Prue, als sie um die Ecke bog und die Lichter des Campus verschwanden. »Kann ich eine von euch für einen Sushi-Snack interessieren?«

»Ich kenne ein tolles neues Restaurant in Pacific Heights.« Phoebe lächelte. »Wenn wir uns beeilen, sind wir da, bevor es richtig voll wird!«

Charmed –
Zauberhafte Schwestern

DM 19,90/öS 145,–/sFr 19,–
ISBN 3-8025-2751-8

DM 19,90/öS 145,–/sFr 19,–
ISBN 3-8025-2792-5

DM 19,90/öS 145,–/sFr 19,–
ISBN 3-8025-2733-X

vgs verlagsgesellschaft, Köln

www.tvspielfilm.de
Wir lesen was,
was Du nicht liest!
TV SPIELFILM holen. Nur das Beste sehen.
TV SPIELFILM
14 Tage besser fernsehen
Alle Filme mit Bewertung!